Graham Greene

Heirate nie in Monte Carlo

Roman

dtv

Die Taschenbibliothek

Deutsch von
Ernst Laue und Ilse Walter

Ungekürzte Ausgabe

Juni 1996
Deutscher Taschenbuch Verlag GmbH & Co. KG,
München

Titel der englischen Originalausgabe: ›Loser Takes All‹
(William Heinemann Ltd., London 1955)

ISBN 3-552-04715-8
Deutsche Erstveröffentlichung: Wien 1955
Umschlaggestaltung: Balk & Brumshagen
Umschlagbild: ›Le Port‹ (um 1905) von André Derain
Satz: IBV Satz- und Datentechnik, Berlin
Druck und Bindung: C. H. Beck'sche Buchdruckerei,
Nördlingen
Printed in Germany · ISBN 3-423-08328-X

Lieber Frere,

nach einem Vierteljahrhundert beruflicher und freundschaftlicher Zusammenarbeit widme ich Dir – ohne Deine Erlaubnis – diese Frivolität. Im Gegensatz zu einigen meiner katholischen Kritiker wirst Du, dessen bin ich gewiß, beim Lesen dieser kleinen Geschichte nicht mich irrtümlich für das »Ich« halten, noch muß ich Dir erklären, daß die Erzählung nicht geschrieben wurde, um Ehebruch, Gebrauch von Pyjamaoberteilen oder standesamtliche Trauungen zu fördern. Sie soll auch nicht vom Glücksspiel abschrecken.

In herzlicher Dankbarkeit
Graham Greene

Erster Teil

I

Die kleine grünliche Statue des Reiters mit der Perücke dürfte wohl zu den berühmtesten Plastiken der Welt gehören.

»Siehst du, wie das rechte Knie glänzt?« sagte ich zu Cary. »So oft haben's die Leute angefaßt. Soll Glück bringen – wie der Fuß des heiligen Petrus in Rom.«

Sie rieb das Knie mit beinahe zärtlichem Nachdruck, als würde sie es polieren.

»Bist du abergläubisch?« fragte ich.

»Ja.«

»Ich nicht.«

»Ich bin so abergläubisch, daß ich nie unter Leitern durchgehe. Ich werfe Salz über meine rechte Schulter. Ich achte darauf, daß ich nicht auf die Fugen im Pflaster trete. Liebling, du bist im Begriff, die abergläubischste Frau der Welt zu heiraten. So viele Leute sind nicht glücklich. Wir sind's. Ich möchte nichts riskieren.«

»Du hast dieses Knie so ausgiebig gerieben – wir müßten wirklich Glück im Roulette haben.«

»Diese Art Glück habe ich mir dabei nicht gewünscht«, sagte sie.

2

Damals glaubte ich noch, unser Glück hätte vor zwei Wochen in London begonnen. Wir wollten uns in St. Luke's in Maida Hill trauen lassen und unsere Hochzeitsreise nach Bournemouth machen. Auf den ersten Blick nicht gerade ein großartiges Programm, aber ich war überzeugt, es wäre mir vollkommen gleichgültig, wohin ich reise, solange Cary mitfuhr. Wir hätten uns Le Touquet leisten können, aber wir glaubten, in Bournemouth mehr allein zu sein – die Ramages und die Truefitts wollten nach Le Touquet. »Außerdem«, sagte Cary, »würdest du im Kasino unser ganzes Geld verspielen, und wir müßten Hals über Kopf abreisen.«

»Dazu verstehe ich zuviel von Zahlen. Ich lebe doch mit ihnen.«

»Du wirst dich in Bournemouth nicht langweilen?«

»Bestimmt nicht!«

»Ich würde mich noch mehr darauf freuen, wenn das nicht deine zweite Hochzeitsreise wäre. War die erste sehr aufregend – in Paris?«

»Wir konnten uns nur ein Wochenende leisten«, sagte ich vorsichtig.

»Hast du sie sehr geliebt?«

»Hör mal«, sagte ich, »das ist schon über fünfzehn Jahre her. Damals gingst du noch nicht einmal zur Schule. So lange hätte ich doch wohl kaum auf dich warten können.«

»Aber – hast du sie sehr geliebt?«

»An dem Tag, an dem sie mich verlassen hat, lud ich Ramage zum Abendessen ein und spendierte ihm die beste Flasche Champagner, die ich kriegen konnte. Dann ging ich nach Haus und schlief neun Stunden lang wie ein Murmeltier. Und zwar quer über beide Betten. Sie gehörte zu den Menschen, die nachts um sich treten und dir dann erklären, du brauchtest zuviel Platz.«

»Vielleicht trete ich auch um mich.«

»Das wäre ganz was anderes. Hoffentlich tust du's. Dann wüßte ich, daß du da bist. Ist dir auch klar, wie schrecklich viel Zeit wir durch den Schlaf verlieren? Ein Viertel unseres Lebens.«

Sie brauchte eine Weile, um das nachzurechnen. Rechnen fiel ihr schwerer als mir. »Mehr«, sagte sie. »Viel mehr. Ich schlafe zehn Stunden.«

»Das ist ja schrecklich«, sagte ich. »Dazu noch die acht Stunden Büro ohne dich. Und die Esserei. Diese entsetzlichen Mahlzeiten.«

»Ich will versuchen, um mich zu treten«, sagte sie.

Das war am Mittag des Tages, an dem unser sogenanntes Glück begann. Wir trafen uns so oft wie möglich für einen Happen im »Volunteer«, gerade um die Ecke von meinem Büro. Cary trank Apfelwein und hatte einen unstillbaren Appetit auf kalte Würstchen. Ich hab' sie fünf essen sehen – und ein hartgekochtes Ei zum Abschluß.

»Wenn wir reich wären«, sagte ich, »müßtest du keine Zeit mit Kochen verschwenden.«

»Aber bedenke doch, wieviel mehr Zeit wir mit Essen verschwenden würden. Die Würstchen hier – ich bin schon damit fertig. Wir wären noch beim Kaviar.«

»Und dann käme die *sôle meunière*«, sagte ich.

»Und Stubenküken mit jungen Erbsen.«

»Und *Soufflé Rothschild.*«

»Oh, bitte, werde nicht reich«, sagte sie. »Wenn wir reich wären, würden wir uns womöglich nicht mehr mögen. Stell dir vor, ich werde dick, und mein Haar geht aus …«

»Das würde gar nichts ausmachen.«

»O doch!« sagte sie. »Und du weißt es ganz genau.« Mehr fiel ihr nicht ein. Sie war nicht zu jung, um weise zu sein, aber sie war zu jung, um zu wissen, daß man seine Weisheiten lieber für sich behält, wenn man glücklich ist.

Ich ging zurück in das riesige Bürohaus mit seinem Glas, Glas und noch einmal Glas, mit seinem schimmernden Marmorfußboden und den modernen Statuen in Alkoven und Nischen wie in einer katholischen Kirche. Ich war Assistent des Hauptbuchhalters (ein in die Jahre gekommener Assistent), und schon die Größe des Gebäudes allein ließ eine Beförderung praktisch unmöglich erscheinen. Um vom Erdgeschoß aufzusteigen, hätte ich schon eine Statue sein müssen.

In den ungemütlichen kleinen Büros der City sterben Leute und werden Leute befördert. Alte Herren blicken aus Stahlgehäusen auf und zeigen ein Dickenssches Interesse an jüngeren Männern. Hier, in dem riesigen Erdgeschoßraum mit seinen tickenden Rechnern, ratternden Buchungsmaschinen und leise klopfenden Schreibmaschinen, spürte man irgendwie, daß ein Mann ohne Hochschulbildung einfach keine Chance hatte.

Ich saß noch nicht, als der Lautsprecher ertönte: »Mr. Bertrand, bitte in Zimmer zehn.« (Das war ich.)

»Wer sitzt in Zimmer zehn?« fragte ich.

Niemand wußte es. »Muß im achten Stock sein«, sagte irgendwer. (Er sprach voller Ehrfurcht, als handle es sich um den Gipfel des Mount Everest – der achte Stock war so weit, wie die Londoner Bezirksbaukommission uns himmelwärts zu bauen erlaubte.)

»Wer sitzt in Zimmer zehn?« fragte ich den Fahrstuhlführer noch einmal.

»Das wissen Sie nicht?« sagte er mürrisch. »Wie lange sind Sie denn schon hier?«

»Fünf Jahre.«

Der Fahrstuhl fuhr langsam an. »Sie sollten wahrhaftig wissen, wer in Zimmer zehn sitzt.«

»Aber ich weiß es nun einmal nicht.«

»Fünf Jahre – und Sie wissen es nicht!«

»Nun sagen Sie's mir schon.«

»Da wären wir. Achter Stock. Nach links, bitte.« Während ich ausstieg, murmelte er vor sich hin: »Nicht zu wissen, wer in der Zehn sitzt!« Er hatte das Gitter schon geschlossen, als er endlich weich wurde. »Was glauben Sie wohl! ›Der Gam‹ natürlich!«

Ich ging. Und ich ging sehr langsam.

Ich glaube nicht an das Glück. Ich bin nicht abergläubisch, aber wenn man erst mal vierzig und so auffallend erfolglos ist wie ich, neigt man ganz von selbst dazu, halb und halb mit einer Art böswilliger Vorsehung zu rechnen. Ich hatte »den Gam« nie kennengelernt: Ich hatte ihn nur zweimal gesehen. Ganz offenbar gab es nicht den leisesten Grund, ihn noch einmal zu treffen. Er war schon ziemlich alt: Er würde vor mir sterben; ich würde widerwillig zu einer Kranzspende beisteuern. Aber vom Erdgeschoß in den achten Stock beordert zu werden, beunruhigte mich. Ich überlegte fieberhaft, welch schreckliches Mißverständnis wohl einen Verweis in Zimmer zehn zur Folge haben könnte. Es schien durchaus möglich, daß unsere Trauung in St. Luke's nie stattfinden würde und unsere Hochzeitsreise nach Bournemouth auch nicht. Und in gewisser Beziehung stimmte das ja auch.

3

»Der Gam« wurde von jenen »Gam« genannt, die ihn nicht leiden konnten, und von all jenen, die zu weit unter ihm standen, um irgendwelche Gefühle für ihn hegen zu können. Er war wie das Wetter – unberechenbar. Wenn neue Buchungsmaschinen angeschafft oder die alten, bewährten Rechner durch neue ersetzt wurden, hieß es: »›Der Gam‹ vermutlich.« Dann setzte man sich hin und versuchte, sich mit dem neumodischen Ding vertraut zu machen. Weihnachten wurden maschinegeschriebene Briefchen verteilt, die an jeden Angestellten persönlich adressiert waren, gut und gern ein Tag Arbeit für das Schreibzimmer – aber die Unterschrift unter den Weihnachtswünschen, Herbert Dreuther, war gestempelt. Ich war jedesmal ein bißchen verwundert, daß an ihrer Stelle nicht »Gam« darunter stand. Zur Zeit der Gratifikationen und kleinen Geschenke, unberechenbar in Wert und Größe, wurde sein Spitzname manchmal sogar voll ausgesprochen: der »Große Alte Mann«.

Und er hatte wirklich etwas Großes an sich mit seiner langen weißen Mähne und seinem Musikerkopf. Während andere nur aus steuerlichen Gründen Bilder sammelten, tat er es zu seinem Vergnügen. Gelegentlich verschwand er für einen ganzen Monat mit seiner Jacht, die er mit Schriftstellern, Schauspielerinnen und was weiß ich für ausgefallenen Leuten belud – einem Hypnotiseur, einem Mann, der eine neue Rose gezüchtet oder irgendwas über Drüsenfunktionen entdeckt hatte. Wir im Erdgeschoß hätten ihn selbstverständlich nicht vermißt: Wir hätten überhaupt nichts von ihm gewußt, wenn wir nicht die Zeitungsberichte über ihn gelesen hätten. Die Boulevardzeitungen verfolgten seine Jacht von Hafen zu

Hafen. Für sie verband sich der Begriff Jacht mit Skandal. Aber auf Dreuthers Boot gab es nie so etwas wie Skandal. Er haßte alles Unerfreuliche außerhalb des Büros.

Meine Stellung brachte es mit sich, daß ich ein bißchen mehr wußte als die meisten anderen: Beispielsweise wurde Dieselöl ebenso wie Wein unter Repräsentationsspesen verbucht. Eines Tages brach über diesen Punkt ein Streit mit Sir Walter Blixon aus. Mein Chef erzählte mir davon. Blixon war die andere Macht in Nummer 45. Er besaß etwa genauso viele Aktien wie Dreuther, hatte aber weit weniger Einfluß. Er war klein, gewöhnlich, hatte Leberflecken und war von Eifersucht zerfressen. Selbstverständlich hätte auch er sich eine Jacht leisten können. Nur daß niemand mit ihm gefahren wäre. Als er Einspruch gegen die Verbuchung des Dieselöls erhob, gab Dreuther sofort großmütig nach, um gleich darauf alle privaten Benzinkosten von den Spesenkonten zu streichen. Da er selbst in London wohnte, fuhr er mit dem Firmenwagen, Blixon dagegen hatte ein Haus in Hampshire. Man erzielte, was Dreuther höflich einen Kompromiß nannte – es blieb bei der ursprünglichen Regelung. Als es Blixon irgendwie gelang, geadelt zu werden, gewann er einen vorübergehenden Vorsprung, bis ihm das Gerücht zu Ohren kam, Dreuther habe zur gleichen Zeit den Titel abgelehnt. Eines stand fest – bei einem Dinner, zu dem Blixon und mein Chef geladen waren, wandte sich Dreuther gegen die Verleihung des Adels an einen bestimmten Künstler. »Unmöglich. Der könnte das nie annehmen. Ein O. M.* (oder allenfalls ein C. H.*) sind die einzigen noch respektablen Auszeichnungen.« Daß Blixon noch nie vom C. H. gehört hatte, machte die Geschichte noch schlimmer.

Aber Blixon wartete den rechten Augenblick ab. Ein einziges weiteres Aktienpaket würde für ihn die Mehrheit bedeuten, und wir pflegten uns vorzustellen, er bete jeden Abend zu Gott (er war Kirchenältester in Hampshire), die Aktien möchten an der Börse auftauchen, während Dreuther auf See war.

4

Verzweiflung im Herzen, klopfte ich an die Tür von Nummer zehn und trat ein, doch trotz meiner Verzweiflung merkte ich mir alle möglichen Einzelheiten – im Erdgeschoß würden sie darauf brennen. Der Raum wirkte überhaupt nicht wie ein Büro – die eine Wand beherrschte ein riesiger Bücherschrank voller englischer Klassiker, und es bewies Dreuthers Scharfsinn, daß Trollope darun-

* *Order of Merit* und *Companion of honour*, englische Auszeichnungen (A. d. Ü.)

ter war und nicht Dickens, Stevenson und nicht Scott, was ihm den Anschein persönlichen Geschmacks verlieh. An der gegenüberliegenden Wand hingen ein unbedeutender Renoir und ein reizender kleiner Boudin, und es fiel einem sofort auf, daß der Raum zwar ein Sofa enthielt, aber keinen Schreibtisch. Die wenigen sichtbaren Aktenordner waren auf einem Regencytisch gestapelt, und Blixon, mein Chef und ein Fremder saßen unbehaglich am Rand ihrer bequemen Sessel. Dreuther selbst war fast unsichtbar – er lag praktisch auf dem Rücken im größten und tiefsten Sessel und starrte durch die dicksten Brillengläser, die ich je gesehen habe, wütend auf ein paar Papiere, die er über seinen Kopf hielt.

»Es ist phantastisch, und es kann nicht wahr sein!« hörte ich ihn mit seiner tiefen, kehligen Stimme sagen.

»Ich kann die Wichtigkeit nicht erkennen ...«, sagte Blixon.

Dreuther nahm die Brille ab und starrte mich über den Raum hinweg an. »Wer sind Sie?« fragte er.

»Das ist Mr. Bertrand, mein Assistent«, erkärte der Hauptbuchhalter.

»Was will er hier?«

»Sie haben ihn rufen lassen.«

»Ich erinnere mich«, sagte Dreuther, »aber das war vor einer halben Stunde.«

»Ich war zum Mittagessen, Sir.«

»Mittagessen?« fragte Dreuther, als hätte er das Wort noch nie gehört.

»Es war während der Mittagspause, Mr. Dreuther«, sagte der Hauptbuchhalter.

»Und sie gehen mittagessen?«

»Jawohl, Mr. Dreuther.«

»Alle?«

»Die meisten, denke ich.«

»Wie interessant. Ich hatte keine Ahnung davon. Gehen Sie auch mittagessen, Sir Walter?«

»Selbstverständlich, Dreuther. Nun, um Himmels willen, können wir diese Geschichte nicht Mr. Arnold und Mr. Bertrand überlassen? Schließlich handelt es sich bei dem Fehler nur um sieben Pfund und fünfzehn Shilling. Ich bin hungrig, Dreuther.«

»Es kommt hier nicht auf die Größe des Betrages an, Sir Walter. Wir beide sind die verantwortlichen Leiter eines bedeutenden Unternehmens. Wir können unsere Verantwortung nicht auf andere Schultern abwälzen. Die Aktionäre...«

»Reden Sie doch nicht solchen hochgestochenen Blödsinn, Dreuther. Die Aktionäre sind Sie und ich.«

»Und der ›Andere‹, Sir Walter? Sie werden doch wohl kaum den ›Anderen‹ vergessen. Mr. Bertrand, bitte nehmen Sie Platz und sehen Sie sich diese Konten an. Haben Sie sie bearbeitet?«

Mit Erleichterung sah ich, daß sie zur Kontengruppe einer Tochtergesellschaft gehörten, mit der ich nichts zu tun hatte. »Mit ›General Enterprises‹ habe ich nichts zu tun, Sir.«

»Gut, gut. Aber Sie verstehen doch wahrscheinlich was von Zahlen – offensichtlich kann das keiner. Bitte, sehen Sie doch mal, ob Sie einen Fehler bemerken.«

Das Schlimmste schien überstanden. Dreuther hatte einen Fehler entdeckt und schien kein übergroßes Interesse an der Aufklärung zu haben. »Zigarre, Sir Walter? Sie sehen, ohne mich kommen Sie einfach nicht aus.« Er zündete seine eigene Zigarre an. »Haben Sie den Fehler gefunden, Mr. Bertrand?«

»Jawohl. Im Gemeinkostenkonto.«

»Richtig. Lassen Sie sich Zeit, Mr. Bertrand.«

»Wenn Sie nichts dagegen haben, Dreuther, ich habe einen Tisch im Berkeley.«

»Aber selbstverständlich, Sir Walter, wenn Sie so großen Hunger haben ... Ich werde schon allein mit der Sache fertig.«

»Kommen Sie mit, Naismith?« Der Fremde stand auf, nickte Dreuther flüchtig zu und ging hinter Blixon her.

»Und Sie, Arnold, haben Sie schon gegessen?«

»Es spielt wirklich keine Rolle, Mr. Dreuther.«

»Sie müssen mir verzeihen. Ich habe überhaupt nicht daran gedacht. ›Mittagspause‹ sagten Sie?«

»Es spielt ...«

»Mr. Bertrand hat ja gegessen. Wir beide werden das allein erledigen. Würden Sie bitte Miss Bullen sagen, sie möchte mir meine Milch bringen. Trinken Sie ein Glas Milch, Mr. Bertrand?«

»Nein, vielen Dank, Sir.«

Ich war allein mit »dem Gam«. Unter seinen Blicken fingerte ich unsicher mit den Papieren herum – im achten Stock, auf dem Gipfel eines Berges, wie eine der Gestalten aus dem Alten Testament, denen Gott befahl: »Prophezeie!«

»Wo pflegen Sie zu Mittag zu essen, Mr. Bertrand?«

»Im ›Volunteer‹.«

»Ist das ein gutes Restaurant?«

»Ein Pub, Sir.«

»Man kann dort essen?«

»Kleinigkeiten.«

»Wie interessant.« Er verstummte, und ich fing von vorn an mit Addieren, Übertragen und Subtrahieren. Anfangs war ich verwirrt. Menschen können alle möglichen Fehler machen. Beispielsweise können sie vergessen, eine Zahl zu übertragen. Aber wir hatten schließlich die allerbesten Büromaschinen, und die sollten doch ...

»Ich fühle mich wie auf See, Mr. Bertrand.«

»Ich gestehe, Sir, ich *schwimme* auch ein bißchen.«

»Oh, so meine ich das nicht. Oh nein. Nehmen Sie sich nur Zeit. Wir werden das schon schaffen. Wir brauchen keine Eile. Ich meine, sobald Sir Walter draußen ist, ziehen hier Ruhe und Frieden ein. Ich mußte an meine Jacht denken.« Blaue Schwaden Zigarrenrauch hingen zwischen uns. *»Luxe, calme et volupté«*, sagte er.

»Ich kann in diesen Zahlen weder *ordre* noch *beauté* finden, Sir.«

»Sie lesen Baudelaire, Mr. Bertrand?«

»Ja.«

»Er ist mein Lieblingsdichter.«

»Ich ziehe Racine vor, Sir. Der Mathematiker in mir, vermutlich.«

»Verlassen Sie sich nicht zu sehr auf seinen Klassizismus. Racine hat Augenblicke, Mr. Bertrand, in denen sich Abgründe auftun.« Während ich anfing weiterzurechnen, fühlte ich, wie er mich beobachtete. Dann sagte er: »Sehr interessant, wirklich.«

Endlich gelang es mir, mich auf die Zahlen zu konzentrieren. Ich habe die Gleichgültigkeit der Laien den Zahlen gegenüber nie verstehen können. Der allergrößte Narr hat doch immerhin einen gewissen Sinn für die Poesie des Sonnensystems – »Die Armee unabdingbarer Gesetze« –, und doch fehlt ihm der Blick für den eindrucksvollen Lauf einer Zahlenkolonne. Zahlen, die nach oben marschieren, in eine andere Reihe überwechseln – eine Ziffer, die die ganze Länge der Reihe entlangläuft, um in der nächsten Zehnerstelle unterzutauchen oder wieder aufzuerstehen. Gerade jetzt verfolgte ich eine kleine Zahl durch Reihen und Reihen.

»Mit welchem Rechner arbeitet General Enterprises, Sir?«

»Da müssen Sie Miss Bullen fragen.«

»Ich bin sicher, es sind Revolg. Wir haben sie selbst bis vor fünf Jahren gehabt. Wenn sie alt werden, entwickeln sie eine gewisse Tendenz, eine Reihe zu überspringen – doch nur bei der Zahlenverbindung sieben und zwei –, und auch dann nicht immer und nur bei Subtraktionen. Nun, Sir, wenn Sie sich das, bitte, einmal ansehen wollen. Die Verbindung kommt viermal vor – aber nur einmal ist sie gesprungen.«

»Bitte versuchen Sie nicht, mir das zu erklären, Mr. Bertrand. Es ist ganz hoffnungslos.«

»Jedenfalls handelt es sich um einen Fehler im Mechanismus, nichts weiter. Lassen Sie die Zahlen auf einer unserer neuen Maschinen nachrechnen. Und werfen Sie die Revolg raus – sie haben ihre Pflicht getan.«

Mit einem Gefühl des Triumphs lehnte ich mich im Sofa zurück. Ich fühlte mich jedem Mann ebenbürtig. Ich hatte wirklich saubere Arbeit geleistet. Eine Kleinigkeit – wenn man sich auskannte. Aber vor mir hatte jeder die Unfehlbarkeit der Maschine vorausgesetzt, und keine Maschine ist unfehlbar; in jedem Gelenk, in jeder Niete und jeder Schraube verbergen sich Fehlerquellen. Ich versuchte, Dreuther das zu erklären, war aber zu sehr außer Atem.

»Wie außerordentlich interessant, Mr. Bertrand. Ich bin froh, daß wir den Fehler gefunden haben, während Sir Walter seine kulinarischen Bedürfnisse befriedigt. Wollen Sie wirklich kein Glas Milch?«

»Nein, vielen Dank, Sir. Ich muß zurück ins Erdgeschoß.«

»Das hat Zeit. Sie sehen müde aus, Mr. Bertrand. Wann waren Sie zum letztenmal auf Urlaub?«

»Mein Jahresurlaub steht vor der Tür, Sir. Um die Wahrheit zu sagen, ich ergreife die Möglichkeit zu heiraten.«

»In der Tat. Wie interessant. Haben Sie Ihre Uhr schon bekommen?«

»Meine Uhr?«

»Ich denke, die geben den Angestellten hier immer eine Uhr. Ihre erste Ehe, Mr. Bertrand?«

»Nein ... die zweite.«

»Ah. Die zweite hat mehr Chancen.«

»Der Gam« hatte so seine Art. Er brachte einen zum Reden und erweckte den Eindruck, als ob ihn wirklich alles interessiere. Ich glaube fast, es interessierte ihn auch – für einen Augenblick. Er war ein Gefangener in seinem Zimmer, und alle Nachrichten von der Außenwelt hatten das Air sensationeller Neuigkeiten. Er beschäftigte sich mit ihnen wie ein Gefangener mit einer Maus. Oder einem welken Blatt, das der Wind durch die Gitterstäbe geweht hat.

»Wir wollen unsere Hochzeitsreise nach Bournemouth machen«, sagte ich.

»Ah, das halte ich für keine gute Idee. Das ist zu klassisch. Sie sollten mit Ihrer jungen Frau in den Süden fahren – die Bucht von Rio de Janeiro ...«

»Das kann ich mir leider nicht leisten, Sir.«

»Die Sonne würde Ihnen guttun, Mr. Bertrand. Sie sind blaß. Manche würden Südafrika vorschlagen, aber das ist auch nicht besser als Bournemouth.«

»Leider könnte ich mir ...«

»Ich hab's, Mr. Bertrand. Sie werden mit Ihrer schönen jungen Frau auf meine Jacht kommen. Meine anderen Gäste gehen in Nizza und Monte Carlo von Bord. Ich treffe

Sie dann am dreißigsten. Wir fahren zusammen die italienische Küste runter. Die Bucht von Neapel – Capri – Ischia.«

»Das wird leider ein bißchen schwierig sein, Sir. Ich bin Ihnen wirklich außerordentlich dankbar – aber die Trauung ist auf den dreißigsten angesetzt.«

»Wo?«

»St. Luke's, Maida Hill.«

»St. Luke's. Sie sind schon wieder zu klassisch, mein Freund. Mit einer schönen jungen Frau darf man nicht zu klassisch sein. Ich nehme an, sie ist jung, Mr. Bertrand?«

»Ja.«

»Und schön?«

»Ich glaube schon, Sir.«

»Dann müssen Sie in Monte Carlo heiraten. Vor dem Bürgermeister. Mit mir als Zeugen. Am dreißigsten. Abends fahren wir nach Portofino. Das ist besser als St. Luke's oder Bournemouth.«

»Aber, Sir, gewiß würde es gesetzliche Schwierigkeiten ...«

Doch er hatte schon nach Miss Bullen geläutet. Ich glaube, er hätte einen großartigen Schauspieler abgegeben. Er sah sich bereits in der Rolle Harun al Raschids, der einen unbekannten kleinen Mann zum Herrscher über Provinzen erheben konnte. Ein klein wenig meinte er vielleicht auch, die Geschichte könnte Blixon eifersüchtig machen. In der Angelegenheit mit der Erhebung in den Adelsstand hatte er eine ganz ähnliche Haltung eingenommen. Wahrscheinlich hatte Blixon vor, den Premierminister zum Dinner einzuladen. Das hier würde zeigen, wie wenig Wert Dreuther auf Rang und Namen legte. Es würde Blixon jeden möglichen gesellschaftlichen Erfolg versalzen.

Miss Bullen erschien mit einem zweiten Glas Milch.

»Miss Bullen, veranlassen Sie bitte alles Nötige, damit Mr. Bertrand am dreißigsten um vier Uhr nachmittags in Monte Carlo heiraten kann.«

»Am dreißigsten, Sir?«

»Vielleicht gibt's irgendwelche Schwierigkeiten, den Wohnsitz betreffend. Das soll unser Büro in Nizza erledigen. Sie können ihn rückwirkend für sechs Monate als dort beschäftigt führen. Sollen das mit dem britischen Konsul besprechen. Am besten rufen Sie gleich mal Monsieur Tissand an. Aber belästigen Sie mich nicht mehr damit. Ich will nichts weiter davon hören. Oh, noch etwas: Sagen Sie Sir Walter Blixon, daß wir einen Fehler in den Revolg-Maschinen entdeckt haben. Sie müssen sofort ausgetauscht werden. Er soll sich deswegen mit Mr. Bertrand in Verbindung setzen. Davon will ich auch nichts mehr hören. Die Geschichte hat uns einen ganzen Vormittag gekostet. Nun, Mr. Bertrand, bis zum dreißigsten dann. Bringen Sie Ihre Racine-Ausgabe mit. Alles andere überlassen Sie nur Miss Bullen. Damit hätten wir's.«

Das dachte er. Aber schließlich gab es da immer noch Cary.

5

Der nächste Tag war ein Sonntag. Ich traf Cary im »Volunteer« und ging den ganzen Weg zu Fuß mit ihr nach Haus; es war einer der Frühlingstage, an denen man das Land in einer Londoner Straße riechen kann. Vom Hyde Park, Green Park, St. James' und den Kensington Gardens wehte der Duft von Blumen und blühenden Bäumen bis in die Oxford Street herüber.

»Oh«, sagte sie, »ich wünschte, wir könnten weit, weit fortgehen, irgendwohin, wo es sehr heiß ist und sehr lustig und sehr –« Ich mußte sie am Arm zurückziehen, damit sie nicht unter einen Omnibus geriet. Ständig mußte ich sie vor Taxis und Omnibussen retten – manchmal fragte ich mich, wie sie überlebte, wenn ich nicht da war.

»Nun«, sagte ich, »wir können!« Und während wir an der Kreuzung auf grünes Licht warteten, erzählte ich ihr alles.

Ich weiß nicht, warum ich mit ihrem Widerstand gerechnet hatte: zum Teil wahrscheinlich, weil sie so sehr auf eine kirchliche Trauung aus war, mit dem Chor und dem Hochzeitskuchen und all dem Unsinn. »Stell dir nur vor«, sagte ich, »in Monte Carlo zu heiraten statt in Maida Hill. Tief unter uns das Meer und die Jacht, die auf uns wartet ...« Da ich noch nie dort gewesen war, fielen mir weiter keine Einzelheiten ein.

»In Bournemouth gibt es auch das Meer«, sagte sie. »Zumindest habe ich das gehört.«

»Die italienische Küste!«

»In Mr. Dreuthers Gesellschaft.«

»Schließlich werden wir nicht in seiner Kabine schlafen«, sagte ich, »und das Hotel in Bournemouth dürfte auch nicht ganz leer sein.«

»Liebling, ich hab' mir so gewünscht, in St. Luke's getraut zu werden.«

»Denk doch nur, das Rathaus von Monte Carlo – der Bürgermeister in seiner prächtigen Amtsrobe, der, der ...«

»Gilt denn die Trauung überhaupt?«

»Aber selbstverständlich.«

»Es wäre lustig, wenn sie nicht gälte. Dann könnten wir uns nach der Rückkehr in St. Luke's trauen lassen.«

»Das hieße in Sünde leben.«

»Ich würde so gern mal in Sünde leben.«

»Kannst du haben«, sagte ich, »jederzeit. Heute nachmittag.«

»Oh, London zählt da nicht«, sagte sie, »das wäre einfach ... ach, ich weiß nicht, was. Zum Leben in Sünde gehören – oh, buntgestreifte Markisen und dreißig Grad im Schatten und Weintrauben und ein schrecklich lustiger Badeanzug. Ich werde einen neuen Badeanzug brauchen.«

Ich dachte schon, es sei alles in Ordnung, als sie plötzlich eine Kirchturmspitze über den Baumwipfeln entdeckte. »Wir haben schon alle Einladungen verschickt, und was wird Tante Marion sagen?« (Seit ihre Eltern bei einem Bombenangriff ums Leben gekommen waren, hatte sie mit ihrer Tante Marion zusammengelebt.)

»Sag ihr einfach die Wahrheit. Sie bekommt bestimmt lieber Ansichtskarten aus Italien als aus Bournemouth.«

»Und der Pfarrer würde verletzt sein.«

»Höchstens im Gegenwert von fünf Pfund Trauungsgebühren.«

»Niemand wird glauben, daß wir wirklich verheiratet sind.« Einen Augenblick später (sie war ehrlich) fügte sie hinzu: »Das wird lustig sein.« Dann schwang das Pendel wieder zurück, und sie sagte nachdenklich: »Du holst deinen Hochzeitsanzug aus dem Verleih. Aber mein Kleid wird schon angefertigt.«

»Es ist immer noch Zeit, es in ein Abendkleid umzuändern. Das hätten wir schließlich sowieso machen lassen.«

Die Kirche tauchte zwischen den Bäumen auf: eine häßliche Kirche, wenn auch nicht häßlicher als St. Luke's. Sie war grau und schäbig und voller Rußflecken, mit rötlichen, lehmfarbenen Stufen zum Portal und einer Anschlagtafel mit dem Bibelzitat: »Kommet her zu mir alle, die ihr mühselig und beladen seid«, was so wirkte wie »Laßt alle Hoffnung fahren«. Es hatte eben eine Hochzeit stattgefunden, und Mädchen mit Kinderwagen, kreischende Kinder, Hunde und grimmig aussehende ältere Frauen warteten auf der Straße.

»Laß uns zusehen«, sagte ich. »Genau das könnte auch uns passieren.«

Ein Haufen Mädchen in langen lila Kleidern und Spitzenhäubchen kamen aus dem Portal und nahmen auf den Stufen Aufstellung. Sie warfen ängstliche Blicke auf die Kindermädchen und die Matronen, und ein oder zwei kicherten nervös – man konnte es ihnen nicht verübeln. Zwei Photographen stellten ihre Apparate vor dem Eingang auf, einem mit steinernen Kleeblättern verzierten Halbbogen, und dann erschienen die Opfer, gefolgt von einer Gruppe Verwandter.

»Das ist ja schrecklich«, sagte Cary, »ganz schrecklich. Stell dir vor, das wären wir beide.«

»Nun, du hast schließlich keinen Kropf, und ich – verdammt noch mal, ich werde nicht rot, und ich weiß, wo ich meine Hände hintun soll.«

Ein mit weißen Bändern geschmückter Wagen wartete, und alle Brautjungfern zogen Tüten mit papierenen Rosenblättern aus ihren Taschen und warfen sie nach dem jungen Paar.

»Die haben Glück«, sagte ich, »daß Reis noch knapp ist. Aber ich bin überzeugt, Tante Marion wird schon welchen organisieren.«

»So was täte sie niemals.«

»Bei einer Hochzeit kannst du niemandem trauen. Sie fördert die seltsamsten atavistischen Grausamkeiten zutage. Jetzt, da man die Braut nicht mehr zu Bett bringen kann, versucht man, wenigstens den Bräutigam zu vernichten. Sieh nur«, sagte ich und packte Carys Arm. Von einer der düsteren Matronen ermutigt, hatte sich einer der kleinen Jungen an die Tür des Wagens geschlichen, und genau in dem Augenblick, als der Bräutigam sich bückte, um einzusteigen, schleuderte er dem unglücklichen jungen Mann aus nächster Nähe eine Handvoll Reis ins Gesicht.

»Wenn man nur eine Tasse voll hat«, sagte ich, »muß man warten, bis man das Weiße im Auge des Feindes sieht.«

»Aber das ist schrecklich«, sagte Cary.

»Das, mein liebes Kind, nennt man eine kirchliche Trauung.«

»Aber unsere würde ganz anders sein. Ganz ruhig – nur die nächsten Verwandten.«

»Du vergißt die Landstraßen und die Hecken. Es ist eine christliche Tradition. Der Junge da war kein Verwandter. Glaube mir. Ich weiß es. Ich bin selbst schon einmal kirchlich getraut worden.«

»Du bist kirchlich getraut? Das hast du mir nie erzählt«, sagte sie. »In dem Fall möchte ich *viel* lieber in einem Rathaus heiraten. In einem Rathaus hast du doch nicht geheiratet, oder?«

»Nein, es wird das erste Mal sein – und das letzte Mal.«

»Oh, um Gottes willen«, sagte Cary, »ich muß auf Holz klopfen.«

Und da stand sie nun, zwei Wochen später, und rieb das Knie des Reiters, weil das Glück bringen sollte, und rings um uns erstreckte sich die riesige Halle des Monte-Carlo-Hotels, und ich sagte: »Das wäre es also. Wir sind allein, Cary.« (Der Portier und der Kassierer und der Empfangschef und die beiden Hausdiener mit unserem Gepäck zählten ebensowenig wie das alte Ehepaar auf einem Sofa in der Ecke, denn Mr. Dreuther, so hatte man mir erklärt, war noch nicht angekommen, und die Nacht gehörte uns allein.)

6

Wir aßen auf der Hotelterrasse zu Abend und beobachteten die Leute, die ins Kasino gingen. »Wir sollten uns die Sache zum Spaß mal ansehen«, sagte Cary, »schließlich sind wir ja keine Spieler.«

»Das könnten wir auch gar nicht«, sagte ich, »nicht mit ganzen fünfzig Pfund in der Tasche.« Wir hatten uns entschlossen, ihre Ersparnisse nicht anzugreifen für den Fall, daß wir im Winter für eine Woche nach Le Touquet gehen wollten.

»Du bist Buchhalter«, sagte Cary, »du solltest doch etwas von Systemen verstehen.«

»Systeme sind furchtbar teuer«, sagte ich. Ich hatte entdeckt, daß Miss Bullen ein ganzes Appartement für uns gebucht hatte, und ich wußte nicht, was es kosten würde. Da unsere Pässe noch auf verschiedene Namen lauteten, war es vermutlich richtig, daß wir zwei Schlafzimmer hatten, aber das Wohnzimmer schien mir doch recht überflüssig. Möglicherweise sollten wir darin nach der Trauung die Gäste empfangen. »Für ein System brauchst du eine Million Francs*«, sagte ich, »und dann ist da immer noch das Limit. Die Bank kann nicht verlieren.«

»Ich dachte, irgendwer hat die Bank schon mal gesprengt.«

»Das passiert nur im Märchen«, sagte ich.

»Wäre es nicht schrecklich, wenn wir wirklich Spieler wären?« fragte sie. »Spieler müssen dauernd an Geld denken. Denkst du oft an Geld?«

»Nein«, sagte ich. An diesem Abend konnte ich an nichts anderes denken als an die Frage, ob wir wohl zusammen schlafen würden. Wir hatten es noch nie getan. Es war eine Hochzeit dieser Art. Ich hatte die andere Art probiert, und jetzt hätte ich Monate gewartet, wenn ich dadurch Jahre gewinnen konnte. Aber heute nacht wollte ich einfach nicht mehr warten. Ich war verwirrt wie ein Primaner – ich entdeckte, daß ich Carys Gedankengängen nicht mehr folgen konnte. Sie war fünfzehn Jahre jünger, sie war noch nie verheiratet gewesen, und sie hatte alle Fäden in der Hand. Ich konnte nicht einmal richtig deuten, was sie zu mir sagte. Als wir beispielsweise zum Kasino hinübergingen, meinte sie: »Wir bleiben nur zehn Minuten. Ich bin schrecklich müde.« War das nun eine Andeu-

* Die Geschichte spielt zu einer Zeit, als in Frankreich noch alte Francs Gültigkeit hatten (A. d. Ü.)

tung in meinem Sinne oder das Gegenteil? Oder war es ganz einfach die Feststellung einer Tatsache: War das Problem, mit dem ich mich beschäftigte, ihr nie in den Sinn gekommen, oder hatte sie diesbezüglich schon einen so festen Entschluß gefaßt, daß es gar nicht mehr existierte? Nahm sie an, ich wüßte, wie sie es gemeint hatte?

Als sie uns unsere Zimmer zeigten, hatte ich gehofft, ich würde es merken; aber alles, was sie gesagt hatte, war: »Liebling, was für ein Luxus!«

Das Lob gebührte Miss Bullen. »Es ist ja nur für eine Nacht. Morgen sind wir schon auf dem Schiff.«

Wir hatten ein riesiges Doppel- und ein sehr kleines Einzelzimmer mit einem mittelgroßen Wohnzimmer dazwischen. Alle drei Räume hatten Balkon. Ich hatte das Gefühl, wir hätten die ganze Hotelfront gemietet. Erst betrübte sie mich mit der Bemerkung: »Zwei Einzelzimmer hätten's auch getan«, und dann widersprach sie sich, indem sie sagte: »Es sind sowieso alles Doppelbetten«, und dann sank mein Herz wieder, als sie einen Blick auf das Sofa im Wohnzimmer warf und sagte: »Mir hätte es nichts ausgemacht, auf dem Ding da zu schlafen.« Ich wußte noch immer nicht, woran ich war, und also sprachen wir über Systeme. Ich scherte mich den Teufel um Systeme.

Nachdem wir unsere Pässe gezeigt und die Eintrittskarten gelöst hatten, gingen wir in die sogenannte *cuisine*, wo mit kleinen Einsätzen gespielt wird. »Hier gehöre ich hin«, sagte Cary, und das war nur allzu wahr. Um die Tische saßen die alten Veteranen herum, mit ihren Plänen und ihren Notizbüchern und Bleistiften, und schrieben jede Nummer auf, die kam. Sie sahen aus wie vertrocknete Opiumraucher. Eine winzige braune alte Dame saß da, mit einem vierzig Jahre alten, margeritenverzierten Strohhut: Ihre Linke lag, wie der Griff eines Schirmes, auf dem Rand des Tisches, in der Rechten hielt sie einen Hundert-Francs-Jeton. Nach dem vierten Spiel setzte sie und verlor. Dann begann sie von neuem zu warten. Ein junger Mann beugte sich über ihre Schulter, setzte hundert auf die letzten zwölf Nummern, gewann und zog sich zurück. »Da geht ein Weiser«, sagte ich, aber als wir an der Bar vorbeikamen, sahen wir ihn mit einem Glas Bier und einem Sandwich davor stehen. »Er feiert dreihundert Francs«, sagte ich.

»Sei nicht so gemein. Ich glaube, das sind die ersten Bissen, die er sich heute leistet.«

Ich war ganz verrückt nach ihr und brauste plötzlich auf; törichterweise, denn sonst hätte sie ihm bestimmt keinen zweiten Blick gegönnt. Aber es muß wohl so sein, daß wir unseren eigenen Untergang vorbereiten.

»Du würdest mich nicht gemein nennen«, sagte ich, »wenn er nicht jung wäre und gut aussähe.«

»Aber, Liebling«, sagte sie ganz erstaunt, »ich habe doch nur ...« Und dann bekam sie einen harten Zug um den Mund. »Jetzt bist du gemein«, sagte sie. »Ich denke gar nicht daran, mich zu entschuldigen.« Sie stand da und starrte den jungen Mann an, bis er sein romantisches, lächerlich hungriges Gesicht hob und sie entdeckte. »Jawohl«, sagte sie, »er ist jung, er sieht gut aus«, und verließ das Kasino. Ich folgte ihr und murmelte »Verdammt, verdammt, verdammt!« vor mich hin. Jetzt wußte ich, wie wir die Nacht verbringen würden.

In tödlichem Schweigen fuhren wir im Fahrstuhl nach oben und gingen den langen Korridor entlang bis in unser Wohnzimmer.

»Du kannst das große Zimmer nehmen«, sagte sie.

»Nein, nimm du's.«

»Das kleine ist groß genug für mich. Ich hasse Riesenräume.«

»Dann werde ich das Gepäck umtauschen müssen. Sie haben deins in das große Zimmer getan.«

»Oh, na schön«, sagte sie und verschwand in dem großen Zimmer, ohne gute Nacht zu sagen. Langsam wurde ich auf sie ebenso wütend wie auf mich selbst. »Eine feine Hochzeitsnacht«, sagte ich laut und versetzte meinem Koffer einen Tritt, und dann erinnerte ich mich, daß wir noch gar nicht verheiratet waren, und alles erschien albern und unnütz.

Ich zog meinen Morgenmantel über und trat auf den Balkon. Das Kasino war mit Flutlicht angestrahlt. Mit den absurden Steinfiguren am Rand des grünen Daches, die auf die Säulenhalle und die Dienstmänner hinabsahen, wirkte es wie eine Kreuzung zwischen einem Balkanpalast und einem Superkino. In dem weißen Licht sah das Ganze wie ein 3-D-Film aus. Alle Jachten im Hafen waren beleuchtet, und in der Luft über dem Berg von Monaco explodierte eine Rakete. Es war so blödsinnig romantisch, daß ich hätte weinen können.

»Feuerwerk, Liebling«, sagte eine Stimme. Cary stand auf ihrem Balkon. Die ganze Breite des Wohnzimmers lag zwischen uns. »Feuerwerk«, sagte sie, »haben wir nicht Glück?« Also war alles wieder in Ordnung.

»Cary«, sagte ich – der Entfernung wegen mußten wir ganz laut sprechen –, »es tut mir so leid ...«

»Glaubst du, sie haben auch ein Feuerrad?«

»Würde mich nicht wundern.«

»Siehst du die Lichter im Hafen?«

»Ja.«

»Ob Mr. Dreuther schon angekommen ist?«

»Ich nehme an, er wird morgen im letzten Augenblick eintreffen.«

»Könnten wir auch ohne ihn getraut werden? Ich meine, er ist doch ein Zeuge, nicht wahr, und vielleicht hat er einen Maschinendefekt oder irgendeine andere Havarie. Oder er wird durch einen Sturm aufgehalten, oder sonstwas.«

»Ich denke, wir würden's auch ohne ihn schaffen.«

»Bist du wirklich überzeugt, daß alles richtig vorbereitet ist?«

»O ja, Miss Bullen hat das in die Wege geleitet. Morgen nachmittag um vier.«

»Ich werde schon ganz heiser von der Schreierei. Du nicht auch? Komm doch auf den nächsten Balkon, Liebling.«

Ich ging in das Wohnzimmer und von dort auf den Mittelbalkon.

»Ich nehme an, wir werden alle zusammen mittagessen müssen«, sagte sie, »du und ich und dein ›Gam‹?«

»Falls er zum Mittagessen schon dasein sollte.«

»Es wäre lustig, wenn er sich ein bißchen verspätete, was? Ich mag dieses Hotel.«

»Unser Geld würde wahrscheinlich gerade für zwei Tage reichen.«

»Wir könnten jedenfalls eine gewaltige Rechnung machen«, sagte sie und fügte dann hinzu: »Aber das wäre vermutlich nicht so lustig, wie in Sünde zu leben. Ich frage mich, ob dieser junge Mann wohl Schulden hat.«

»Ich wollte, du würdest ihn vergessen.«

»Aber er interessiert mich nicht ein bißchen, Liebling. Ich mag junge Männer nicht. Wahrscheinlich hab' ich einen Vaterkomplex.«

»Verdammt noch mal, Cary«, sagte ich, »ich bin nicht alt genug, um dein Vater sein zu können.«

»Oh, aber selbstverständlich bist du's«, sagte sie, »die Pubertät beginnt mit vierzehn.«

»Dann kannst du in fünfzehneinhalb Jahren von heute nacht Großmutter sein.«

»Von heute nacht?« sagte sie unsicher und verstummte. Am Himmel explodierten die Feuerwerkskörper.

»Da ist dein Feuerrad«, sagte ich. Sie drehte sich um und starrte es an.

»Woran denkst du, Cary?«

»Es ist so seltsam«, sagte sie, »Jahre und Jahre und Jahre werden wir nun zusammenleben. Liebling, glaubst du, wir werden immer genug Gesprächsstoff haben?«

»Wir brauchen nicht nur zu reden.«

»Liebling, aber ich meine es ganz ernst. Haben wir denn *etwas* gemeinsam? Ich bin furchtbar schlecht in Mathematik. Und ich versteh' nichts von Poesie. Du schon.«

»Hast du auch nicht nötig. Menschen wie du – sind Poesie.«

»Nein, aber wirklich, ich meine es ganz ernst.«

»Wir haben bisher nicht den Mund gehalten und nichts getan als geredet.«

»Es wäre schrecklich«, sagte sie, »wenn wir so ein richtiges Ehepaar würden. Du weißt, was ich meine. Du mit deiner Zeitung. Ich mit meinem Strickzeug.«

»Du kannst ja gar nicht stricken.«

»Nun, dann eben Patiencen legen. Oder Radio hören. Oder fernsehen. Wir werden nie einen Fernsehapparat haben, nicht wahr?«

»Nie.«

Das Feuerwerk ging langsam zu Ende. Ich riß meinen Blick von den Lichtern im Hafen los. Sie hockte auf dem Boden des Balkons, den Kopf gegen die Seite gelehnt. Und sie schlief fest. Ich beugte mich hinüber und berührte ihr Haar. Sofort war sie hellwach.

»Oh, wie dumm. Beinah wär' ich eingeschlafen.«

»Zeit, schlafen zu gehen.«

»Ach. Ich bin wirklich nicht ein bißchen müde.«

»Aber du hast es gesagt.«

»Es ist die frische Luft. Es ist so schön in der frischen Luft.«

»Dann komm auf meinen Balkon.«

»Hm, das könnte ich eigentlich tun, oder?« sagte sie zweifelnd.

»Wir brauchen keine zwei Balkone.«

»Nein.«

»Komm rüber.«

»Ich klettere über die Brüstung.«

»Nein, tu das nicht. Du könntest ...«

»Streite nicht«, sagte sie. »Ich bin hier.«

Das Mädchen, das am nächsten Tag zum Aufräumen kam, muß geglaubt haben, wir seien verrückt – drei Betten für zwei Menschen, und keins davon benutzt.

7

Nach dem Frühstück fuhren wir mit einem Taxi zum Rathaus – ich wollte mich vergewissern, ob Miss Bullen auch wirklich alles richtig arrangiert hatte. Alles war in bester Ordnung. Die Trauung war für vier Uhr nachmittags angesetzt, und man sagte uns, wir sollten pünktlich sein, die nächste sei schon um halb fünf.

»Möchtest du ins Kasino?« fragte ich Cary. »Jetzt, da

wir wissen, daß alles klappt, können wir schon, sagen wir, tausend Francs riskieren.«

»Laß uns erst am Hafen vorbeigehen und sehen, ob Mr. Dreuther schon angekommen ist.«

Wir gingen die Stufen hinunter, die mich so sehr an den Montmartre erinnerten – nur daß hier alles so hell, sauber, glitzernd und neu wirkte, statt grau, alt und historisch. Auf Schritt und Tritt wurde man an das Kasino erinnert – die Buch- und Papiergeschäfte verkauften Umschläge mit Systemen: »Wöchentlich zweitausendfünfhundert Francs garantiert«, die Spielwarenläden boten kleine Roulettes an, die Tabakgeschäfte verkauften Aschenbecher in der Form eines Roulettes, und die Schaufenster der Modesalons waren voller Schals mit dem Aufdruck *manque* und *pair* und *impair* und *rouge* und *noir*.

Ungefähr ein Dutzend Jachten lagen im Hafen, von denen drei die britische Flagge zeigten, aber keine davon war Dreuthers »Möwe«.

»Wäre das nicht schrecklich, wenn er's vergessen hätte?« sagte Cary.

»Miss Bullen würde es ihn nie vergessen lassen. Vermutlich lädt er noch in Nizza seine Gäste ab. Letzte Nacht hast du dir doch direkt gewünscht, daß er sich verspätet.«

»Ja. Aber heute morgen macht es mich unsicher. Vielleicht sollten wir doch lieber nicht spielen – für alle Fälle.«

»Einigen wir uns auf dreihundert Francs. Wir können nicht aus Monaco abreisen, ohne wenigstens einmal gespielt zu haben.«

Bevor wir setzten, standen wir erst eine ganze Weile in der *cuisine* herum. Es war die Tageszeit, zu der es dort bitterernst zuging. Es waren keine Touristen da, die *Salle Privée* war noch geschlossen, und an den Tischen saßen nur Veteranen. Man hatte bei allen von ihnen das Gefühl, daß ihr Mittagessen von einem Gewinn abhing. Für sie bedeutete es lange, harte und stumpfsinnige Arbeit – morgens eine Tasse Kaffee und dann Arbeit bis zum Mittagessen – falls ihr System erfolgreich sein sollte. Einmal lachte Cary – ich weiß nicht mehr, warum, und auf der gegenüberliegenden Seite des Tisches hoben ein alter Herr und eine alte Dame die Köpfe und starrten sie steinern an. Unsere Frivolität beleidigte sie. Für sie bedeutete das hier alles andere als Spielerei. Doch selbst wenn das System funktionierte: wie hart wollten die zweitausendfünfhundert Francs wöchentlich verdient sein! Mit ihren Notizbüchern und Planskizzen überließen sie nichts dem Zufall – und doch griff der Zufall immer wieder ein und stahl ihnen ihre kümmerlichen Einsätze.

»Laß uns setzen, Liebling.« Sie setzte ihre dreihundert Francs auf ihr Alter und drückte sich selbst den Daumen. Ich war vorsichtiger. Ich setzte einen Hunderter *à cheval* auf die gleiche Zahl und die beiden anderen auf *noire* und *impaire*. Wir verloren beide auf ihr Alter, aber ich gewann mit meinen anderen Einsätzen.

»Hast du ein Vermögen gewonnen, Liebling? Wie schrecklich schlau von dir!«

»Ich hab' zweihundert gewonnen und hundert verloren.«

»Laß uns eine Tasse Kaffee trinken. Es heißt doch, man soll aufhören, wenn man gewonnen hat.«

»Wir haben ja gar nicht gewonnen. Wir haben vier Shilling verloren.«

»*Du hast* gewonnen.«

»Weißt du was«, sagte ich beim Kaffee, »ich glaube, ich kaufe mir so ein System. Bloß zum Spaß. Ich bin wirklich neugierig, womit die sich selbst betrügen ...«

»Wenn sich irgendwer ein System ausdenken kann, dann solltest doch du es sein.«

»Ich könnte mir's schon vorstellen – vorausgesetzt, es gäbe keine Höchsteinsätze. Aber dann müßte man ein Millionär sein.«

»Liebling, du wirst dir doch nicht wirklich eins ausdenken? Es ist ganz lustig, zwei Tage so zu tun, als wäre man reich, aber es wäre gar nicht lustig, wenn's wahr wäre. Sieh dir bloß die Hotelgäste an. Die sind reich. Diese Frauen mit gelifteten Gesichtern, gefärbten Haaren und scheußlichen kleinen Schoßhunden.« Dann fügte sie in einem ihrer Anfälle beunruhigender Weisheit hinzu: »Wenn man reich ist, hat man Angst vorm Altwerden.«

»Arme kennen schlimmere Ängste.«

»Aber an die sind wir gewöhnt. Komm, Liebling, laß uns noch mal zum Hafen gehen. Es ist beinah Mittagszeit. Vielleicht ist Mr. Dreuther schon in Sicht. Dieser Ort hier – ich mag ihn nicht.«

Über eine Balustrade warfen wir einen Blick auf den Hafen. Von Mr. Dreuthers Jacht war nichts zu sehen. Das Meer war sehr blau und sehr ruhig, und wir konnten die Stimme des Steuermanns von einem Achter hören, die klar und deutlich über das Wasser zu uns drang. Weit fort, hinter der nächsten Landzunge, kam ein weißes Boot in Sicht. Es wirkte kleiner als eine Zelluloidente in einer Kinderbadewanne.

»Glaubst du, das ist Mr. Dreuther?« fragte Cary.

»Durchaus möglich. Wahrscheinlich ist er's.«

Er war es nicht. Als wir nach dem Mittagessen wieder nachsahen, war immer noch keine »Möwe« im Hafen, und das Boot, das wir gesehen hatten, war auch nicht mehr in Sicht: Es mußte schon irgendwo unterwegs nach Italien sein. Selbstverständlich bestand kein Grund zur Besorgnis. Selbst wenn er bis zum Abend nicht auftauchen sollte, könnten wir natürlich trotzdem heiraten.

»Wenn er aufgehalten worden wäre«, sagte ich, »hätte er bestimmt telegraphiert.«

»Vielleicht hat er's einfach vergessen«, sagte Cary.

»Das ist unmöglich«, sagte ich. Aber mein Verstand sagte mir, daß beim »Gam« nichts unmöglich war.

»Ich denke«, sagte ich, »wir sollten nur ein Zimmer behalten – für den Notfall.«

»Das kleine«, sagte Cary.

Der Empfangschef war ein bißchen ärgerlich. »Ein Zimmer, Sir?«

»Jawohl. Eins. Und zwar das kleine.«

»Das kleine? Für Sie und Madame, Sir?«

»Ja«, ich mußte es ihm sagen. »Wir werden heute nachmittag getraut.«

»Ich gratuliere, Sir.«

»Mr. Dreuther wollte dazu hier sein.«

»Mr. Dreuther hat sich nicht angemeldet, Sir. Gewöhnlich meldet er sich an ... Wir erwarten ihn nicht.«

Auch ich erwartete ihn nun nicht mehr, aber das sagte ich Cary nicht. Schließlich war, »Gam« hin, »Gam« her, heute unser Hochzeitstag. Ich versuchte sie wieder in das Kasino zu locken, um ein paar hundert Franc zu verlieren, aber sie sagte, sie würde lieber auf der Terrasse bleiben und auf das Meer hinaussehen. In Wahrheit wollte sie nur nach der »Möwe« Ausschau halten. Und die kam selbstverständlich nicht. Die ganze Unterhaltung hatte nichts bedeutet, Dreuthers Liebenswürdigkeit hatte nichts bedeutet – es war nichts als eine flüchtige Laune, die keinen Eindruck hinterlassen hatte.

Wir waren vergessen.

»Wir müssen los«, sagte ich.

»Wir haben ja nicht einmal einen Zeugen«, sagte Cary.

»Die werden schon ein paar auftreiben.« Ich sagte das mit einer Überzeugung, die ich keineswegs verspürte.

Ich dachte, es wäre lustig, mit einer Pferdekutsche zur Trauung zu fahren. Also kletterten wir höchst romantisch vor dem Kasino in ein klappriges Vehikel und lehnten uns unter dem schmutzig-weißen Verdeck in die harten Polster. Wir hatten eine schlechte Wahl getroffen. Das Pferd bestand bloß aus Haut und Knochen, und ich hatte vergessen, daß es die ganze Zeit bergan ging. Eine Frau in mittleren Jahren schob einen alten Mann mit einem Hörgerät in einem Fahrstuhl bergab zum Kasino und kam dabei viel schneller von der Stelle als wir. Als sie an uns vorbeikamen, konnte ich ihre scharfe englische Stimme deutlich hören. Offenbar beendete sie gerade eine Geschichte. »Und so lebten sie denn glücklich bis an ihr Ende!« sagte sie. Der alte Herr kicherte und sagte: »Das müssen Sie mir noch mal erzählen.«

Ich warf einen Seitenblick auf Cary, in der Hoffnung, sie möge es nicht gehört haben. Aber sie hatte es gehört. »Liebling«, sagte ich, »bitte, sei nicht abergläubisch. Nicht heute.«

»Aberglaube hat viel Sinn. Woher willst du wissen, daß es nicht Nachrichten vom Schicksal sind – gesandt, um uns vorzubereiten. Wie eine Art Code. Ich erfinde immerzu neue Arten.« Sie dachte kurz nach. »Beispielsweise: Es bedeutet Glück, wenn wir jetzt erst an einem Schokoladengeschäft und dann an einem Blumenladen vorbeikommen. Paß auf deiner Seite auf.«

Ich tat es – und selbstverständlich kam zuerst ein Blumenladen. Ich hoffte, sie hätte es nicht bemerkt. Vergebens.

»Das Schicksal kannst du nicht beschwindeln«, sagte sie traurig.

Die Droschke fuhr immer langsamer, wir wären zu Fuß schneller vorangekommen. Ich warf einen Blick auf meine

Uhr: zehn vor vier. »Du hättest heute morgen ein Huhn opfern sollen«, sagte ich, »und nachsehen, was die Eingeweide prophezeien.«

»Du hast gut lachen«, sagte sie. »Vielleicht passen unsere Horoskope nicht zusammen.«

»Willst du nicht lieber die ganze Sache abblasen? Wer weiß – vielleicht sehen wir gleich einen Schielenden.«

»Ist das ein schlechtes Vorzeichen?«

»Ein fürchterliches! – Bitte«, sagte ich zum Kutscher, »geht's nicht ein bißchen schneller? *Plus vite.*«

Cary packte meinen Arm. »Oh«, sagte sie.

»Was ist los?«

»Hast du es nicht gesehen, als er sich umdrehte? Er schielt!«

»Aber, Cary – ich hab' doch nur einen Witz gemacht.«

»Das hat gar nichts zu bedeuten. Verstehst du denn nicht? Du erfindest einen Schlüssel – und das Schicksal benützt ihn.«

»Nun – es ist wirklich schon egal«, sagte ich wütend. »Wir kommen sowieso zu spät.«

»Zu spät?« Sie packte mein Handgelenk und sah auf meine Uhr. »Liebling, wir dürfen nicht zu spät kommen. Stopp. *Arrêtez!* Bitte, bezahle.«

»Wir können doch nicht bergan rennen«, sagte ich, doch sie war schon ausgestiegen und winkte wie wild bei jedem vorbeifahrenden Wagen. Niemand beachtete sie. Familienväter fuhren in aller Ruhe vorüber. Kinder drückten ihre Nasen an die Scheiben und schnitten Gesichter.

»Es hat keinen Zweck«, sagte sie. »Wir müssen laufen!«

»Warum die Mühe? Unsere Ehe soll nun mal unglücklich sein. Du hast ja alle Vorzeichen gelesen, nicht wahr?«

»Das ist mir gleich«, sagte sie. »Lieber will ich mit dir unglücklich sein als mit irgendwem anderen glücklich.« Das war so ihre Art, einen Streit oder eine Laune mit einem einzigen Satz aufzulösen. Ich nahm sie an der Hand, und wir rannten los. Aber wir hätten es nie geschafft, wenn nicht ein Möbelwagen gehalten und uns mitgenommen hätte. Ist schon jemals jemand auf einem alten Messingbett zu seiner Trauung gefahren? »Von jetzt an«, sagte ich, »bedeuten Messingbetten Glück!«

»In dem kleinen Hotelzimmer steht ein Messingbett«, sagte sie.

Zwei Minuten vor vier hielt der Möbelwagen auf dem kleinen Platz auf dem Gipfel der Welt. In südlicher Richtung gab es vermutlich bis zum Atlasgebirge nichts Höheres. Die hohen Häuser stießen wie Kakteen in den tiefblauen Himmel, und eine enge Terrakottastraße endete plötzlich am Rand des großen Felsens von Monaco. Eine blaßblaue Jungfrau Maria, von Engeln umgeben wie von einem Schal, sah von der gegenüberliegenden Kirche zu uns herüber. Und es war warm und windig und sehr still, und alle Wege unseres Lebens hatten hierhergeführt.

Ich glaube, einen Augenblick hatten wir beide Angst, hineinzugehen. Nichts dort drin konnte so schön sein wie das hier – und nichts war so schön. Wir setzten uns auf eine Holzbank, und bald danach nahm ein anderes Paar neben uns Platz. Das Mädchen in Weiß, der Mann in Schwarz. Mir wurde schmerzlich bewußt, daß ich keinen dunklen Anzug hatte. Dann machte sich ein Mann in hohem steifem Kragen mit einem Berg Papieren furchtbar wichtig, und eine Zeitlang glaubten wir, die Trauung würde überhaupt nicht stattfinden. Dann fing das Theater wegen der fehlenden Zeugen an, doch schließlich willigten sie ein, ein paar traurige Schreiber zur Verfügung zu stellen. Wir wurden in einen riesigen leeren Saal geführt, der einen Kronleuchter und einen Schreibtisch enthielt – auf einem Schild an der Tür stand *Salle des mariages*, und der Bürgermeister, ein Greis, der wie Clemenceau aussah und eine blau-rote Armbinde trug, wartete ungeduldig, während der Mann mit dem hohen Kragen unsere Namen und Geburtsdaten vorlas. Dann sagte der Mann in rasantem Französisch etwas auf, das wie ein ganzes Gesetzbuch klang, und wir mußten unser Einverständnis damit erklären – offenbar handelte es sich um Abschnitte aus dem *Code Napoléon*. Daraufhin hielt der Bürgermeister in sehr schlechtem Englisch eine Rede über unsere Verpflichtungen gegenüber der Gesellschaft und dem Staat, schüttelte meine Hand und küßte Cary auf die Wange. Dann gingen wir an dem wartenden Paar vorbei wieder hinaus auf den windigen kleinen Platz.

Es war keine eindrucksvolle Zeremonie gewesen. Keine Orgel wie in St. Luke's und keine Gäste.

»Ich hab' überhaupt nicht das Gefühl, geheiratet zu haben«, sagte Cary und fügte hinzu: »Das ist lustig.«

8

Auf Straßen, in Bars, in Omnibussen und in Geschäften sieht man so viele Gesichter, die an Sünde erinnern, und so wenige, die das Zeichen der Unschuld tragen. Carys Gesicht war eins von den wenigen – bis ins hohe Alter würde sie die Welt mit den Augen eines Kindes betrachten. Sie kannte keine Langeweile: Jeder Tag war ein neuer Tag. »Schrecklich« war ihr Lieblingsadjektiv, in ihrem Munde wirkte es nicht banal – auch ihr Vergnügen enthielt Schrecken, ebenso wie ihre Ängste, ihre Befürchtungen und ihr Gelächter – den Schrecken der Überraschung, den Schrecken der ersten Begegnung mit dem Unbekannten. Wir sehen fast alle nur Ähnlichkeiten, keine Situation ist wirklich neu. Aber Cary sah nur Unterschiede, wie der Weinkoster, der selbst die winzigsten Nuancen im Aroma erkennt.

Wir gingen zurück zum Hotel. Die »Möwe« war immer noch nicht da, und Cary nahm das vollkommen unvorbereitet auf, als ob unsere Lage ganz neu sei. Dann gingen wir zur Bar und nahmen einen Drink – als wäre das der erste Drink, den wir je zusammen genommen hatten. Sie hatte eine unstillbare Neigung für Gin und Dubonnet – eine Neigung, die ich nicht teilte.

»Jetzt wird er vor morgen früh nicht mehr kommen«, sagte ich.

»Liebling, haben wir denn noch genug für die Hotelrechnung?«

»Oh, heute nacht geht's schon noch.«

»Vielleicht gewinnen wir im Kasino.«

»Wir behalten unser billiges Zimmer. Viel dürfen wir nicht riskieren.«

Ich glaube, in dieser Nacht verloren wir zweitausend Francs, und am nächsten Morgen und am Nachmittag behielten wir den Hafen im Auge. Aber die »Möwe« kam nicht.

»Er *hat* uns vergessen«, sagte Cary. »Sonst hätte er telegraphiert.« Ich wußte, daß sie recht hatte, aber ich wußte nicht, was ich tun sollte. Und am nächsten Tag wußte ich es noch weniger.

»Liebling«, sagte Cary, »laß uns abreisen, solange wir die Rechnung noch bezahlen können.«

Aber ich hatte unter dem Vorwand, wissen zu wollen, wieviel wir noch verspielen konnten, schon nach der Rechnung gefragt und wußte, daß wir sie schon jetzt nicht mehr bezahlen konnten. Wir konnten nur warten. Ich telegraphierte an Miss Bullen, und sie antwortete, Mr. Dreuther sei auf See und nicht zu erreichen. Während ich Cary das Telegramm vorlas, saß der alte Herr mit dem

Hörrohr auf einem Stuhl oben auf der Treppe in der Spätnachmittagssonne und beobachtete die Vorübergehenden.

»Kennen Sie Dreuther?« fragte er plötzlich.

»Allerdings«, sagte ich, »er ist mein Chef.«

»Das glauben Sie bloß«, sagte er scharf. »Sie arbeiten bei Sitra, was?«

»Ja.«

»Dann bin ich Ihr Chef, junger Mann. Verlassen Sie sich bloß nicht auf Dreuther.«

»Sie sind Mr. Bowles?«

»Selbstverständlich bin ich Mr. Bowles. Gehen Sie und suchen Sie meine Pflegerin. Höchste Zeit, daß ich ins Kasino komme.«

Als wir wieder allein waren, sagte Cary: »Wer war dieser schreckliche alte Mann? Ist er wirklich dein Chef?«

»In gewisser Weise schon. In der Firma nennen wir ihn ›den Anderen‹. Er hat ein paar Aktien von Sitra – nur ein paar. Aber die sind das Zünglein an der Waage zwischen Dreuther und Blixon. Solange er Dreuther stützt, ist Blixon machtlos. Wenn es Blixon je gelingen sollte, seine Aktien zu kaufen, würde ich keinen Pfifferling mehr für ›den Gam‹ geben. Das heißt, das ist nur so 'ne Redensart. Jetzt würde ich auch schon keinen Pfifferling für ihn geben.«

»Er ist einfach vergeßlich, Liebling.«

»Solche Vergeßlichkeit kennen nur Leute, die sich den Teufel um andere Menschen scheren. Keiner von uns hat das Recht, jemanden zu vergessen. Ausgenommen sich selbst. Aber sich selbst vergißt ›der Gam‹ nie. Ach, Quatsch, laß uns ins Kasino gehen.«

»Wir können's uns nicht leisten.«

»Wir haben schon so viele Schulden, daß es keine Rolle mehr spielt.«

An diesem Abend setzten wir kaum: Wir beobachteten die Veteranen. Der junge Mann war wieder in der *cuisine*. Ich sah ihn tausend Francs in Hundert-Francs-Jetons wechseln, und als er die verloren hatte, ging er hinaus – ohne Kaffee und Brötchen diesmal.

»Denkst du, er geht hungrig zu Bett?« fragte Cary.

»Genau wie wir«, sagte ich, »falls die ›Möwe‹ nicht kommt.«

Ich sah zu, wie sie ihre Systeme spielten, mal ein bißchen verloren, mal ein bißchen gewannen, und ich dachte, wie seltsam es doch ist, daß sie alle hartnäckig glauben, sie könnten die Bank schlagen. Sie kamen mir vor wie Theologen bei dem unermüdlichen Versuch, ein Mysterium zu erklären. Wahrscheinlich gibt es in jedem Leben einen Augenblick, in dem man denkt: Wenn es nun wirklich einen Gott geben sollte, wenn nun die Theologen recht haben! Pascal war ein Spieler. Er setzte sein Geld auf ein göttliches System. Ich bin ein weit besserer Mathematiker als die hier, dachte ich – liegt es daran, daß ich nicht an ihr Mysterium glaube? Doch wenn dieses Mysterium existiert, ist es dann nicht möglich, daß ich es löse, obwohl es ihnen mißlungen ist? Der Gedanke war fast wie ein Gebet:

Es ist nicht um des Geldes willen – ich will gar kein Vermögen – nur ein paar sorgenfreie Tage mit Cary.

Von allen Systemen, nach denen die Leute am Tisch arbeiteten, funktionierte nur eins – und das hatte nichts mit dem sogenannten Wahrscheinlichkeitsgesetz zu tun. Eine Frau in mittleren Jahren mit einem riesigen Vogelnest von falschem blondem Haar auf dem Kopf und Goldzähnen im Mund trieb sich immer in der Nähe des am dichtesten besetzten Tisches herum. Sobald jemand einen größeren Gewinn machte, ging sie zu ihm, tippte ihn – während der Croupier wegsah – an den Ellbogen und bat ihn ganz unverblümt um einen Zweihundert-Francs-Jeton. Wahrscheinlich glauben Spieler, daß Wohltätigkeit, ähnlich wie ein Buckel, Glück bringt. Jedesmal wenn sie einen Jeton bekam, wechselte sie ihn in zwei Einhunderter, von denen sie einen in die Tasche steckte und den anderen auf eine Zahl setzte. Die Hunderter in ihrer Tasche konnte sie nicht verlieren, und eines Tages würde sie gewiß auf einen Schlag dreitausendfünfhundert Francs gewinnen. Im Durchschnitt verdiente sie auf diese Weise jede Nacht ihre tausend Francs.

»Hast du das gesehen?« sagte Cary, während wir für eine Tasse Kaffee zur Bar gingen – Gin und Dubonnet hatten wir aufgegeben. »Warum sollte ich das nicht auch mal versuchen?«

»Soweit sind wir noch nicht.«

»Ich habe einen Entschluß gefaßt«, sagte Cary. »Keine Mahlzeit mehr im Hotel.«

»Wollen wir hungern?«

»Wir werden statt dessen Kaffee und Brötchen kaufen – oder vielleicht auch Milch –, das ist viel nahrhafter.«

»Ich hatte mir unsere Hochzeitsreise anders vorgestellt. Da wäre Bournemouth wirklich besser gewesen.«

»Ärgere dich nicht, Liebling. Wenn die ›Möwe‹ kommt, wird alles gut.«

»Ich glaub' nicht mehr an die ›Möwe‹.«

»Was sollen wir dann tun, wenn unsere zwei Wochen vorüber sind?«

»Ins Kittchen gehen, denke ich. Vielleicht wird das Gefängnis vom Kasino betrieben, und wir haben Freigang rund um den Roulette-Tisch.«

»Könntest du nicht vom ›Anderen‹ was borgen?«

»Von Bowles? Der hat in seinem ganzen Leben noch nichts ohne Sicherheit aus der Hand gegeben. Der ist viel schlimmer als Blixon und Dreuther zusammen. Sonst hätten sie schließlich seine Aktien schon vor Jahren gekriegt.«

»Aber wir müssen doch irgend etwas tun können, Liebling.«

»Das können Sie, Madame.« Ich sah von meinem erkaltenden Kaffee auf. Neben mir stand ein kleiner Mann in einem schäbigen, aber gepflegten Anzug und ebensolchen Schuhen. Seine Nase schien größer als der Rest seines Gesichtes. Die Erfahrung eines ganzen Lebens hatte seine Venen anschwellen und seine Augen hervortreten lassen. Unter dem Arm trug er lässig einen Spazierstock ohne Spitze und mit einem Entenkopf als Griff. »Ich fürchte, ich bin unverzeihlich aufdringlich«, sagte er mit leicht verschwommener Höflichkeit, »doch wie ich bemerkt habe, hatten Sie Pech beim Spiel, und ich bringe frohe Botschaft, Sir und Madam.«

»Hm«, sagte Cary, »wir wollten gerade ...«

Später erzählte sie mir, die Phrase aus der Bibel aus seinem Mund habe sie erschauern lassen – der Teufel bei seinem alten Spiel, die Schrift zu zitieren.

»Es wäre nur zu Ihrem Vorteil, wenn Sie blieben, denn ich trage hier in meinem Gehirn ein unfehlbares System mit mir herum. Und ich bin bereit, Ihnen dieses System für bloße zehntausend Francs zu überlassen.«

»Genausogut könnten Sie ein Königreich verlangen«, sagte ich, »so viel haben wir nicht.«

»Aber Sie wohnen im Hotel de Paris. Ich habe Sie dort gesehen.«

»Es ist ein Devisenproblem«, sagte Cary schnell. »Sie wissen ja, wie das mit uns Engländern ist.«

»Eintausend Francs.«

»Nein«, sagte Cary, »es tut mir leid.«

»Ich will Ihnen was sagen«, sagte ich, »ich spendiere Ihnen einen Drink dafür.«

»Whisky«, sagte er sofort. Ich machte mir zu spät klar, daß ein Whisky fünfhundert Francs kostete. Er setzte sich, den Stock zwischen den Knien, so daß es aussah, als trinke die Ente mit von seinem Glas.

»Also, schießen Sie los«, sagte ich.

»Ein sehr kleiner Whisky.«

»Sie kriegen keinen weiteren.«

»Es ist sehr einfach«, sagte der kleine Mann, »wie alle großen mathematischen Entdeckungen. Sie setzen zunächst auf irgendeine Nummer, und wenn Sie gewinnen, setzen Sie alles auf die sechs Transversalen. Bei eins ist das 31 bis 36, bei zwei 13 bis 18, bei drei ist das ...«

»Warum?«

»Verlassen Sie sich darauf, ich habe recht. Ich habe hier viele Jahre studiert und studiert. Für fünfhundert Francs verkaufe ich Ihnen eine Liste aller Gewinnzahlen vom letzten Juni.«

»Nehmen Sie mal an, Ihre Nummer kommt nicht, was dann?«

»Sie müssen einfach so lange warten, bis sie kommt.«

»Das kann Jahre dauern.«

Der kleine Mann erhob sich, machte eine Verbeugung und sagte: »Und deswegen braucht man eben Kapital. Ich hatte zuwenig Kapital. Hätte ich statt fünf zehn Millionen besessen, würde ich Ihnen jetzt nicht mein System für ein Glas Whisky verkaufen.«

Voll Würde zog er sich zurück, der Stock ohne Spitze klopfte auf den polierten Fußboden, und die Ente starrte zu uns zurück, als wollte sie lieber bleiben.

»Ich glaube, mein System ist besser«, sagte Cary. »Wenn es diese Frau kann, werde ich es auch können.«

»Es ist Bettelei. Ich will nicht, daß meine Frau bettelt.«

»Ich bin nur eine frisch verheiratete Frau. Und ich

nenne es auch nicht betteln – es ist kein Geld, es sind Glückspfennige.«

»Weißt du, etwas an dem, was der Mann sagte, stimmt mich nachdenklich. Es ist nichts als die Frage einer Verminderung der Verluste und einer Vermehrung der Gewinne.«

»Das mag sein, Liebling. Aber mit meinem System verliere ich überhaupt nichts.«

Sie blieb eine halbe Stunde weg, und dann kam sie fast im Laufschritt zurück. »Liebling, pack dein Gekritzel zusammen, ich will nach Haus.«

»Das ist kein Gekritzel. Ich arbeite an einer Idee.«

»Liebling, komm, bitte, jetzt sofort, oder ich fange an zu weinen.«

Draußen zerrte sie mich förmlich durch die Gärten, zwischen den angestrahlten Palmen und den Blumenbeeten hindurch, die aussahen, als wären sie aus Zuckerguß. »Liebling«, sagte sie, »es war ein schrecklicher Fehlschlag.«

»Was ist passiert?«

»Ich hab' genau das gleiche gemacht wie diese Frau. Ich hab' gewartet, bis jemand einen Haufen Geld gewann, und hab' ihn dann an den Ellbogen getippt und hab' gesagt: ›Bitte‹. Aber er hat mir nichts gegeben, sondern nur gesagt: ›Gehen Sie nach Hause zu Ihrer Mutter!‹, und der Croupier hat alles gesehen. Da bin ich an einen anderen Tisch gegangen. Der Mann dort hat bloß gesagt: ›Später, später. Auf der Terrasse.‹ Liebling, er hat mich für eine

Dirne gehalten. Und als ich's zum drittenmal versuchte – oh, es war schrecklich. Einer von diesen Saaldienern, die den Leuten Feuer geben, faßte mich am Arm und sagte: ›Ich glaube, Mademoiselle haben heute nacht genug gespielt.‹ Daß er mich Mademoiselle nannte, machte es noch schlimmer. Ich hätte ihm am liebsten meine Trauungsurkunde an den Kopf geworfen – aber sie ist ja im Bad im Hotel.«

»Im Bad?«

»Ja, in meiner Toilettentasche, Liebling. Aus irgendeinem Grund verliere ich meinen Schwammbeutel nicht. Ich habe ihn jetzt schon jahrelang. Aber das ist nicht der Grund, warum mir zum Weinen zumute ist. Liebling, bitte, wir wollen uns hierher setzen. Ich kann im Gehen nicht weinen – es ist, als ob ich in der frischen Luft Schokolade essen müßte. Man kommt so außer Atem, daß man nichts mehr schmeckt.«

»Um Gottes willen«, sagte ich, »wenn das noch nicht das Schlimmste ist, dann laß es mich endlich wissen. Ist dir klar, daß wir nie wieder ins Kasino gehen können – gerade jetzt, da ich im Begriff bin, ein System zu entwickeln. Ein wirkliches System.«

»Oh, Liebling, so schlimm ist es nun auch wieder nicht. An der Tür hat mir der Saaldiener ganz nett zugeblinzelt. Er hat bestimmt nichts dagegen, wenn ich wiederkomme – aber ich gehe nie wieder hin. Nie wieder.«

»Und warum nicht, wenn ich fragen darf?«

»Der nette junge Mann hat alles beobachtet.«

»Welcher junge Mann?«

»Der hungrige. Und als ich rausging, kam er hinterher und sagte, ›Madame, ich kann Ihnen leider nur einen Glücksbringer von hundert Francs geben. Aber, bitte, nehmen Sie ihn.«

»Das hast du doch nicht getan?«

»Aber doch – ich konnte es nicht gut ablehnen. Er war so höflich. Und er war schon weg, ehe ich Zeit hatte, ihm zu danken. Ich hab' den Hunderter gewechselt und damit an den Automaten im Eingang gespielt und, verzeih, daß ich so heulen muß, aber ich kann einfach nicht anders, er war so schrecklich höflich, und er muß so schrecklich hungrig sein, und wenn er nicht über dem Geld stünde, hätte er mir gewiß keine hundert Francs geliehen, und als ich fünfhundert Francs gewonnen hatte, suchte ich ihn, um ihm die Hälfte zu geben, aber er war schon fort.«

»Fünfhundert hast du gewonnen? Das ist genug für einen Tag Kaffee und Brötchen.«

»Liebling, du bist so selbstsüchtig. Siehst du nicht, daß er von nun an immer denken wird, ich bin nichts anderes als eine von den Harpyien, wie diese schreckliche alte Blondine da drin.«

»Weiter nichts als ein Annäherungsversuch von ihm.«

»Du siehst alles unter einem sexuellen Gesichtspunkt. Er hat gar nicht dran gedacht. Dazu ist er viel zu hungrig.«

»Es heißt, daß Hunger leidenschaftlich macht.«

9

Um den Schein zu wahren, frühstückten wir weiterhin im Hotel, doch wir wurden schon unter den Augen des Fahrstuhlführers nervös. Ich habe Uniformen nie leiden können – sie erinnern mich daran, daß es Menschen gibt, die Befehle erteilen, und andere, die Befehlen gehorchen –, und jetzt war ich überzeugt, daß jeder Uniformierte wußte, daß wir unsere Rechnung nicht bezahlen konnten. Wir gaben nie den Schlüssel ab, damit wir nicht zum Portier mußten, um ihn zu holen, und da wir alle unsere Reiseschecks schon bei der Ankunft eingetauscht hatten, brauchten wir nicht einmal zur Kasse zu gehen. Cary hatte eine kleine Bar, die Taxi-Bar, am Fuß einer der großen Treppen entdeckt, und dort aßen wir täglich unser stets gleichbleibendes Mittag- und Abendessen. Es hat Jahre gedauert, bis ich wieder Brötchen essen konnte, und selbst heute trinke ich noch Tee statt Kaffee. Als wir nach unserem dritten Mittagessen aus der Bar auf die Straße traten, stießen wir beinahe mit dem zweiten Empfangschef unseres Hotels zusammen. Er verbeugte sich und ging weiter, aber ich wußte, daß unsere Stunde geschlagen hatte.

Später, am frühen Abend, saßen wir im Garten, und ich arbeitete fieberhaft an meinem System, denn ich hatte das Gefühl, gegen die Zeit zu arbeiten. »Gib mir tausend Francs«, sagte ich zu Cary. »Ich muß mein System überprüfen.«

»Aber, Liebling«, sagte sie, »weißt du nicht, daß wir nur noch fünftausend haben? Bald werden wir uns nicht einmal mehr Brötchen leisten können.«

»Da will ich Gott dafür danken. Ich kann schon keine Brötchen mehr sehen.«

»Dann laß uns Eis essen. Das kostet auch nicht mehr. Und, denk doch nur: Es bringt Abwechslung in unseren Speisezettel. Mokkaeis zum Mittagessen, Erdbeereis zum Abendbrot. Liebling – ich kann das Abendbrot kaum erwarten.«

»Wenn ich mit meinem System rechtzeitig fertig werde, können wir Steaks essen …«

Ich nahm den Tausender und ging in die *cuisine*. Mit meinen Notizen in der Hand beobachtete ich den Tisch sorgfältig eine Viertelstunde lang, bevor ich setzte. Und dann verlor ich still und stetig. Aber als ich meinen letzten Jeton verloren hatte, kamen meine Zahlen, genau in der richtigen Reihenfolge.

Ich ging hinaus zu Cary. »Der Kerl hatte recht«, sagte ich. »Es ist eine Frage des Kapitals.«

»Du redest schon wie alle anderen«, sagte sie traurig.

»Wie meinst du das?«

»Du denkst in Zahlen – du träumst von Zahlen. Du wachst nachts auf und sagst *zéro deux*. Und selbst beim Essen schreibst du noch Zahlen auf.«

»Essen nennst du das?«

»In meiner Tasche sind noch viertausend Francs. Die müssen reichen, bis die ›Möwe‹ kommt. Jetzt wird nicht mehr gespielt. Ich glaube nicht an dein System. Vor einer Woche hast du noch erklärt, die Bank sei nicht zu schlagen.«

»Ich hatte das Problem noch nicht studiert ...«

»Genau was der Kerl gesagt hat – er hatte es ›studiert‹. Es wird nicht lange dauern, und auch du wirst dein System für ein Glas Whisky verkaufen.«

Sie stand auf und ging zum Hotel. Ich blieb sitzen. Ich dachte, eine Frau sollte bis zum bitteren Ende an ihren Mann glauben – und wir waren noch nicht einmal eine Woche verheiratet. Doch dann, nach einer Weile, verstand ich sie. In den letzten Tagen war ich nicht eben ein guter Gesellschafter gewesen. Und was für ein Leben hatten wir geführt – nicht einmal dem Portier wagten wir ins Auge zu sehen, und genau das mußte ich tun, als ich das Hotel betrat.

Er vertrat mir den Weg und sagte: »Der Direktor läßt fragen, Sir, ob Sie eine Minute für ihn erübrigen könnten. Er erwartet Sie in seinem Zimmer.«

Sie können Cary nicht auch ins Gefängnis stecken, schoß es mir durch den Kopf. Nur mich. Der Gam, dieser egozentrische Hund im achten Stock, hat uns das alles eingebrockt, weil er zu bedeutend ist, seine Versprechungen einzuhalten. Er schafft die Welt, und dann ruht er sich am siebenten Tag aus, ohne sich den Teufel darum zu scheren, was aus seiner Schöpfung wird. Könnte ich ihn doch nur einmal für einen Augenblick in meiner Gewalt haben – wäre er doch bloß einmal darauf angewiesen, daß ich mich *seiner* erinnere! Aber so wie ich dazu verurteilt schien, seine Idee zu sein, würde er niemals die meine sein.

»Bitte nehmen Sie Platz, Mr. Bertrand«, sagte der Direktor. Er schob mir ein Zigarettenkästchen zu. »Rauchen Sie?« Er hatte die Höflichkeit eines Mannes, der zu seiner Zeit viele Menschen hingerichtet hatte.

»Danke sehr«, sagte ich.

»Leider ist das Wetter nicht ganz so warm gewesen wie sonst um diese Jahreszeit.«

»Oh, weit besser als in England, immerhin.«

»Ich hoffe, Sie fühlen sich wohl bei uns, Mr. Bertrand.« Das schien zur Routine zu gehören – um den Eindruck einer Verstimmung zu verwischen –, man hatte schließlich seine Pflicht zu tun. Ich wünschte, er würde endlich zur Sache kommen.

»Oh – aber selbstverständlich, danke sehr.«

»Und die Frau Gemahlin auch?«

»O doch. Doch – selbstverständlich.«

Er schwieg einen Augenblick. Jetzt kommt's, dachte ich.

»Übrigens, Mr. Bertrand, dies ist doch Ihr erster Besuch bei uns, nicht wahr?«

»Ja.«

»Wir sind hier recht stolz auf unsere Küche. Ich glaube kaum, daß Sie irgendwo in Europa eine bessere finden werden.«

»Da haben Sie bestimmt recht.«

»Ich möchte mich um Gottes willen nicht ungefragt in

Ihre Angelegenheiten mischen, Mr. Bertrand – ich muß Sie um Vergebung bitten, aber es ist uns aufgefallen, daß Sie unser Restaurant nicht mehr besonders zu schätzen scheinen. Und wir legen wirklich großen Wert darauf, daß Sie und Ihre Gemahlin sich in Monte Carlo wohl fühlen. Haben Sie irgendwelche Beschwerden – die Bedienung, der Wein ...?«

»Oh, nein. Durchaus nicht. Absolut nicht.«

»Ich habe es auch nicht erwartet, Mr. Bertrand. Ich habe absolutes Vertrauen in mein Personal hier. Ich bin zu dem Schluß gelangt – wollen Sie mir verzeihen, wenn ich ...?«

»Ja, ja. Selbstverständlich.«

»Ich weiß ja, daß unsere englischen Gäste oft Ärger wegen der leidigen Devisen haben. Nur ein bißchen Pech im Roulette – und schon sind heutzutage alle Pläne und Arrangements über den Haufen geworfen.«

»Ja. Das ist wohl wahr.«

»Ich habe mir nun gedacht, Mr. Bertrand, Sie könnten – wie soll ich mich ausdrücken – Sie könnten möglicherweise – Sie werden mir verzeihen, nicht wahr – nun, etwas knapp an Bargeld sein.«

Jetzt, da der Augenblick gekommen war, suchte ich vergebens nach den unerschrockenen, offenen Worten, die ich mir zurechtgelegt hatte. Ich sagte: »Nun ...« und stierte ihn einfach über den Schreibtisch hinweg an. Hinter ihm hing ein Ölbild des Fürsten von Monaco an der Wand, und vor ihm stand eine riesige, reichverzierte Schreibgarnitur, und draußen hörte ich den Zug nach Italien vorüberfahren. Nimm Abschied von der Freiheit, sagte ich zu mir selbst.

»Bitte, Mr. Bertrand«, sagte der Direktor, »die Verwaltung des Kasinos wie die Direktion des Hotels legen den allergrößten Wert darauf ... wirklich den allergrößten Wert – wir befinden uns hier schließlich in einer – äh – durchaus speziellen Lage, Mr. Bertrand. Wir sind vielleicht«, er lächelte seine Fingernägel an, »keine gewöhnlichen Hoteliers. Unsere Gäste kommen in vielen Fällen schon seit – nun – gut und gern dreißig Jahren immer wieder zu uns.« Er sprach mit wahrhaft peinigender Langsamkeit. »Ich möchte sie eigentlich lieber Freunde als Gäste nennen. Wir haben hier im Fürstentum eine große Tradition – hm, in Diskretion, Mr. Bertrand, wir veröffentlichen niemals die Namen unserer Gäste. Wir sind die treuen Hüter vieler Geheimnisse.«

Ich konnte das Geschwätz nicht mehr aushalten. Das war nicht mehr wie eine Hinrichtung – es war wie die chinesische Tropfenfolter. »Wir sind völlig blank – da haben Sie unser Geheimnis.«

Wieder lächelte er seine Fingernägel an. »Das habe ich mir gedacht, Mr. Bertrand, und ich hoffe, Sie werden so liebenswürdig sein, ein kleines Darlehen anzunehmen. Für einen Freund von Mr. Dreuther. Mr. Dreuther ist einer unserer ältesten Gäste, und wir wären untröstlich, wenn sich einer seiner Freunde bei uns nicht wohl fühlen würde.« Er stand auf, verbeugte sich und überreichte mir einen Umschlag – ich kam mir vor wie ein Kind, dem der

Bischof einen Preis für gute Führung aushändigt. Dann geleitete er mich zur Tür und sagte in vertraulichem Ton: »Versuchen Sie einmal unseren *Château Gruaud Larose 1934* – Sie werden nicht enttäucht sein.«

Auf dem Bettrand sitzend, riß ich den Umschlag auf und zählte die Scheine. »Er hat uns 250000 Francs geborgt«, sagte ich.

»Das glaube ich nicht.«

»Da siehst du, was es bedeutet, ein Freund vom Gam zu sein. Wenn ich den Kerl bloß leiden könnte.«

»Wie sollen wir das je zurückzahlen?«

»Da wird ›der Gam‹ helfen müssen. Er ist schließlich schuld.«

»Wir wollen so wenig wie möglich davon ausgeben, nicht wahr, Liebling?«

»Aber mit Brötchen und Kaffee ist es vorbei. Heute feiern wir ein Fest – unser Hochzeitsfest.«

Ich kümmerte mich den Teufel um den *Gruaud Larose 1934*: Ich mietete einen Wagen, und wir fuhren in ein kleines Bergdorf namens Peille. Im Licht der späten Sonne, die zwischen den schattigen Flanken der Berge hindurchspähte, war alles felsgrau und ginstergelb. Maulesel standen auf der Straße herum, und der Wagen war zu groß, um bis zum Wirtshaus fahren zu können, und in der Wirtsstube stand nur ein einziger langer Tisch für ungefähr fünfzig Personen. Wir setzten uns allein an die Stirnseite und sahen zu, wie die Dämmerung hereinbrach, tranken nicht sehr guten Rotwein und aßen fette gebratene Tauben und Obst und Käse. Aus dem Nebenzimmer hörten wir die Einheimischen lachen, und bald konnten wir kaum noch die Umrisse der Berge um uns erkennen.

»Glücklich?«

»Ja!«

»Wenn wir doch hierbleiben könnten«, sagte sie nach einer Weile. »Könnten wir nicht einfach den Wagen zurückschicken und hierbleiben? Heute ging's schließlich auch ohne Zahnbürsten. Und morgen könnten wir ja einkaufen gehen.« Die letzten Worte sprach sie aus, als wären wir im Ritz und die Rue de la Paix gleich um die Ecke.

»Eine Zahnbürste bei ›Cartier‹«, sagte ich.

»Pyjamas bei ›Lanvin‹.«

»Seife von ›Guerlain‹.«

»Und ein paar billige Taschentücher in der Rue de Rivoli«, sagte sie. »Ich weiß nicht, was wir noch brauchen. Du? Bist du je mit Dirty in einem Ort wie diesem hier gewesen?« Dirty nannte sie meine erste Frau, die dunkel und untersetzt gewesen war und sexy mit Pekinesenaugen.

»Nie.«

»Ich liebe keine Plätze mit Fußspuren.«

Ich warf einen Blick auf meine Uhr. Es war fast zehn, und wir hatten eine halbe Stunde Fahrt vor uns. »Ich denke, wir sollten aufbrechen«, sagte ich.

»Es ist doch noch nicht spät.«

»Nun – ich möchte heute nacht gern mein System ausprobieren. Wenn ich mit Zweihundert-Francs-Einsätzen arbeite, würde das Geld gerade reichen.«

»Du gehst nicht ins Kasino!«

»Aber selbstverständlich gehe ich.«

»Das ist Diebstahl.«

»Was? Er hat uns das Geld zu unserem Vergnügen gegeben.«

»Dann gehört die Hälfte mir. Mit meiner Hälfte spielst du nicht!«

»Liebes, sei doch vernünftig. Ich brauche das Ganze. Das System braucht Kapital. Wenn ich gewonnen habe, kriegst du alles wieder. Mit Zins und Zinseszins. Dann bezahlen wir unsere Rechnung, und wenn du willst, können wir den Rest des Urlaubs hier verbringen.«

»Du wirst nicht gewinnen. Sieh dir doch die anderen an.«

»Das sind keine Mathematiker. Ich bin einer.«

Ein bärtiger alter Mann führte uns durch die dunklen Gassen zu unserem Wagen zurück. Sie sprach kein Wort, sie nahm nicht einmal meinen Arm. Ich sagte: »Das ist unsere Hochzeitsfeier, Liebling. Sei doch nicht böse.«

»Was hab' ich denn Böses gesagt?«

Wie sie uns mit ihrem Schweigen besiegen: Man kann sich nicht wehren dagegen wie gegen Worte. Schweigend fuhren wir heim. Monaco war ein Lichtermeer. Das Museum, das Kasino, die Kathedrale und das Schloß waren angestrahlt – und vom Felsen schossen die Raketen in den Himmel. Es war der letzte Tag einer Festwoche: Ich mußte an den ersten denken. An unseren Streit und an die drei Balkone.

Ich sagte: »Wir sind noch nicht in der *Salle Privée* gewesen. Das müssen wir heute nachholen.«

»Warum ausgerechnet heute?«

»*Le mari doit protection à sa femme, la femme obéissance à son mari.*«

»Was redest du da für einen Unsinn?«

»Dem Bürgermeister gegenüber hast du dich ausdrücklich damit einverstanden erklärt: ›Die Ehefrau ist verpflichtet, mit ihrem Ehemann zusammenzuleben und ihm überallhin zu folgen, wohin zu gehen er für richtig hält!‹ Nun – heute abend halte ich's für richtig, in die *Salle Privée* zu gehen.«

»Ich hab' nicht verstanden, was er gesagt hat.« Wenn sie sich auf eine Debatte einließ, war das Schlimmste immer vorüber.

»Bitte, Liebes, komm mit und sieh zu, wie mein System gewinnt.«

»Ich werde es nur verlieren sehen«, sagte sie langsam und mit Betonung.

Punkt halb elf fing ich an zu spielen und zu verlieren. Und ich verlor stetig. Ich konnte an keinen anderen Tisch gehen, denn nur an diesem einen in der *Salle Privée* konnte man mit Mindesteinsätzen von zweihundert Francs spielen. Als ich die Hälfte unseres Geldes verspielt hatte, versuchte Cary, mich zum Aufhören zu bewegen, aber ich glaubte immer noch, meine Stunde würde schlagen und meine Berechnungen würden sich doch noch als richtig erweisen.

»Wieviel haben wir noch?« fragte sie.

»Das hier.« Ich wies auf fünf Zweihundert-Francs-Jetons. Sie stand auf und ging. Ich glaube, sie weinte, aber ich konnte nicht aufstehen und ihr nachgehen, ohne meinen Platz am Tisch zu verlieren.

Und als ich später in unser Zimmer kam, weinte auch ich – es gibt Augenblicke, in denen ein Mann weinen darf, ohne sich schämen zu müssen. Sie war wach. An der Art, wie sie für das Bett angezogen war, konnte ich erkennen, wie kühl sie mich erwartete. Sie trug niemals die Hosen ihres Pyjamas, außer sie war wütend oder gleichgültig, aber als sie mich am Fußende des Bettes sitzen sah, bemüht, meine Tränen zurückzuhalten, verflog ihr Zorn.

»Liebling«, sagte sie. »Nimm's nicht allzu schwer. Wir werden's schon irgendwie schaffen.« Sie kroch zu mir und legte die Arme um mich. »Liebling, ich war gemein zu dir. Jedem kann so was mal passieren. Weißt du was – wir werden's jetzt mit Eis probieren. Nie wieder Brötchen und Kaffee – und irgendwann muß ja die ›Möwe‹ mal kommen. Früher oder später.«

»Ist mir jetzt ganz egal, ob sie kommt oder nicht«, sagte ich.

»Sei doch nicht so bitter, Liebling. Jeder verliert einmal.«

»Aber ich habe ja gar nicht verloren«, sagte ich, »ich habe gewonnen!«

Sie nahm ihre Arme weg. »Gewonnen?«

»Ich habe fünf Millionen Francs gewonnen.«

»Warum weinst du dann?«

»Ich lache ja. Wir sind reich.«

»Du Biest. Und dabei hast du mir leid getan«, sagte sie und kroch unter die Bettdecke zurück.

Zweiter Teil

I

An Reichtum gewöhnt man sich viel leichter als an Armut. Ich glaube, es war Rousseau, der gesagt hat, daß der Mensch reich geboren wird und allenthalben verarmt. Es bereitete mir große Genugtuung, dem Direktor meine Schulden zurückzuzahlen und den Schlüssel wieder beim Portier abzugeben. Ich klingelte oft nach dem Boy, nur um des Vergnügens willen, ohne Scham und Furcht, einem Uniformierten zu begegnen. Ich überredete Cary zu einer »Elizabeth-Arden«-Behandlung und bestellte den *Gruaud Larose 1934*. (Ich schickte die Flasche sogar zurück, weil sie nicht die richtige Temperatur hatte.) Wir bezogen wieder ein Appartement und mieteten einen Wagen, um an den Strand zu fahren. Am Strand mietete ich einen Privatbungalow, von dem aus wir, fern von gewöhnlichen Sterblichen, baden und sonnenbaden konnten. Den ganzen Tag saß ich dort in der Sonne und arbeitete an meinem System (dessen ich noch immer nicht ganz sicher war), während Cary las. (Ich hatte ihr sogar ein neues Buch gekauft.)

Ich machte die Entdeckung, daß hier genau wie an der Börse Geld Geld zeugte. Jetzt arbeitete ich mit Zehntausend-Francs-Jetons statt mit Zweihundertern, und jeden Abend war ich um einige Millionen Francs reicher als am Tag zuvor. Mein Glück sprach sich herum: Gelegenheitsspieler gingen dazu über, meine größten Einsätze nachzusetzen, doch da sie ihre Einsätze nicht so wie ich absicherten, gewannen sie nur selten. Ich bemerkte eine seltsame menschliche Eigenart: Obwohl doch mein System funktionierte und das ihre nicht, verloren die Veteranen nie den Glauben an ihre eigenen Berechnungen – nicht einer konnte sich entschließen, das eigene Schema fallenzulassen und meiner siegreichen Methode zu folgen. Am zweiten Tag – ich hatte aus meinen fünf Millionen schon neun gemacht – hörte ich eine alte Dame sagen: »Was für ein beklagenswertes Glück!«, als hindere nur mein Glück das Rad daran, sich nach ihrem System zu drehen.

Vom dritten Tag an verlängerte ich meine Arbeitszeit im Kasino – je drei Stunden am Vor- und am Nachmittag saß ich in der *cuisine*, und den Abend verbrachte ich selbstverständlich in der *Salle Privée*. Am zweiten Tag hatte Cary mich begleitet, und ich hatte ihr ein paar tausend Francs zum Spielen gegeben (sie hatte sie sofort verloren), aber am dritten Tag hielt ich es für besser, daß sie wegblieb. Ihre ängstliche Gegenwart an meiner Seite lenkte mich ab, und zweimal machte ich Fehler, weil sie irgend etwas zu mir sagte.

»Ich liebe dich sehr, Liebling«, sagte ich. »Aber Arbeit ist nun mal Arbeit. Geh du nur und leg dich in die Sonne, und zu den Mahlzeiten sehen wir uns.«

»Wieso heißt es überhaupt Glücksspiel?« fragte sie.

»Wie meinst du das?«

»Es ist ja gar kein Spiel«, sagte sie. »Du hast ja selbst gesagt – es ist Arbeit. Und es ist auch genau so, als gingest du ins Büro. Frühstück pünktlich um halb zehn, damit du ja nicht den ersten Tisch verpaßt. Was für einen Haufen wunderschönes Geld du verdienst. In welchem Alter gedenkst du, dich zur Ruhe zu setzen?«

»Hab keine Angst vor dem Ruhestand, Liebling. Wir werden dann viel mehr voneinander haben. Und in deinem Studierzimmer könnten wir ein kleines Roulette aufbauen. Wäre es nicht schön, wenn du nicht bei jedem Wetter raus müßtest?«

An diesem Tag erreichte ich noch vor dem Abendessen die 15-Millionen-Grenze. Das schien mir eine kleine Feier zu verlangen. Ich hatte Cary wirklich ein bißchen vernachlässigt – das war mir vollkommen klar –, und so meinte ich, wir könnten zusammen essen, und anschließend würde ich mit ihr zum Ballett gehen. Ich sagte es ihr, und es schien ihr zu gefallen. »Überarbeiteter Geschäftsmann gönnt sich Erholung!« sagte sie.

»Ich hab' mich tatsächlich ein bißchen überanstrengt.« Wer noch nicht ernsthaft Roulette gespielt hat, weiß nicht, wie ermüdend das sein kann. Hätte ich am Nachmittag weniger angestrengt gearbeitet, hätte ich gegenüber dem Kellner in der Bar nicht meine Haltung verloren. Ich hatte zwei sehr trockene Martinis bestellt – und er brachte uns welche, die fast nur aus Wermut bestanden. Schon von weitem konnte ich das an der Farbe erkennen. Er machte die Geschichte dadurch noch schlimmer, daß er die Farbe mit der Gin-Marke zu erklären versuchte. »Aber Sie wissen doch ganz genau, daß ich niemals Booth-Gin trinke, sondern immer Gordon«, sagte ich und schickte sie zurück. Er brachte zwei andere. Diesmal mit Zitronenschale drin. »Zum Donnerwetter noch mal!« sagte ich. »Wie lange muß ich eigentlich Stammkunde in dieser Bar sein, bis Sie endlich meinen Geschmack kennen?«

»Ich bitte um Verzeihung, Sir, ich bin erst seit gestern hier.«

Cary bekam einen harten Zug um den Mund. Selbstverständlich war ich im Unrecht, aber ich hatte schließlich einen anstrengenden Nachmittag hinter mir, und sie mußte wissen, daß ich nicht der Typ war, der sich mit Kellnern streitet. »Kaum zu glauben, daß wir uns vor einer Woche fast nicht getrauten, das Wort an einen Kellner zu richten, vor lauter Angst, er könnte uns eine Rechnung präsentieren«, sagte sie.

Als wir zum Essen auf die Terrasse kamen, war unser Tisch besetzt. Wir kamen früher als gewöhnlich, aber, so sagte ich zu Cary, schließlich hätten sie sich für so gute Kunden wie uns ein bißchen mehr anstrengen können. Doch diesmal sah ich mich vor, meinen Ärger nicht zu deutlich spüren zu lassen. Ich war fest entschlossen, dieses Abendessen zu einem Markstein in der Geschichte unserer Ehe werden zu lassen.

Gewöhnlich überläßt es Cary mir, das Menü zusammenzustellen, also nahm ich die Speisekarte und begann zu bestellen. »Kaviar«, sagte ich.

»Einmal«, sagte Cary.

»Was möchtest du? Lachs?«

»Bestell du deins«, sagte Cary.

Ich bestellte *bresse à l'estragon à la broche*, Roquefort und Walderdbeeren. Außerdem, so glaubte ich, war das auch eine passende Gelegenheit für eine Flasche *Gruaud Larose 34* (die Lektion, die Temperatur betreffend, würden sie inzwischen gelernt haben). Glücklich und zufrieden lehnte ich mich in meinem Stuhl zurück. Den Streit mit dem Kellner hatte ich schon vergessen, und ich wußte, daß ich mich in der Tischangelegenheit höflich und maßvoll benommen hatte.

»Und Madame?« fragte der Kellner.

»Ein Brötchen, Butter und eine Tasse Kaffee.«

»Vielleicht wünschen Madame...«

Sie schenkte ihm ihr süßestes Lächeln, als wollte sie mir zeigen, was sie mir vorenthielt. »Nur ein Brötchen und Butter, bitte«, sagte sie. »Ich bin nicht hungrig. Nur um Monsieur Gesellschaft zu leisten.«

»In *diesem* Fall«, sagte ich verärgert, »bestelle ich ab...«, doch der Kellner hatte sich schon zurückgezogen. »Wie kannst du...«

»Aber was ist denn, Liebling?«

»Du weißt es sehr gut. Du läßt mich bestellen und dann...«

»Aber ich bin wirklich nicht hungrig, Liebling. Ich

wollte nur ein bißchen sentimental sein – das ist alles. Ein Brötchen mit Butter erinnert mich an die Zeit, da wir noch nicht reich waren. Erinnerst du dich nicht mehr an das kleine Café am Fuß der Treppe?«

»Willst du dich über mich lustig machen?«

»Aber *nein*, Liebling. Magst du denn überhaupt nicht mehr an diese Zeit denken?«

»Diese Zeit – diese Zeit! Warum sprichst du nicht davon, daß du nicht wagtest, die Wäsche zum Waschen zu geben, und daß wir uns keine englischen Zeitungen leisten konnten, wo du doch die französischen nicht lesen kannst, und ...«

»Weißt du noch, wie tollkühn es von dir war, einem Bettler fünf Francs zu geben? Oh, das erinnert mich ...«

»Woran?«

»Ich habe den hungrigen jungen Mann lange nicht mehr gesehen.«

»Ich glaube kaum, daß er sonnenbaden geht.«

Mein Kaviar kam und mein Wodka dazu. »Wünschen Madame jetzt den Kaffee?« fragte der Kellner.

»Nein, nein. Ich denke, ich werde ihn trinken, während Monsieur sein ... sein ...«

»*Bresse à l'estragon*, Madame.«

Nie hat mir Kaviar weniger Freude gemacht. Sie beobachtete mich bei jedem Bissen – interessiert vorgebeugt und in einer Haltung, die sie vermutlich für die einer ergebenen Ehefrau hielt. Nur das Krachen des Toasts unterbrach die Stille – doch ich war entschlossen, mich nicht geschlagen zu geben. Unbewegt aß ich den nächsten Gang und tat so, als merkte ich nicht, wie sie lustlos und betont langsam ihr Brötchen kaute. Auch sie konnte ihre Mahlzeit unmöglich genießen.

»Bitte, bringen Sie mir noch eine Tasse Kaffee«, sagte sie zum Kellner, »während Monsieur seine Walderdbeeren ißt. Willst du nicht eine halbe Flasche Champagner dazu trinken, Liebling?«

»Nein. Wenn ich noch was trinke, könnte ich meine Selbstbeherrschung verlieren ...«

»Aber, Liebling, was habe ich denn gesagt? Möchtest du nicht, daß ich an die Zeiten zurückdenke, als wir arm und glücklich waren? Hätte ich dich jetzt geheiratet, dann womöglich um deines Geldes willen. Weißt du noch, wie lieb du warst, als du mir die fünfhundert Francs zum Spielen gabst? So ernsthaft und gespannt hast du die Kugel verfolgt.«

»Bin ich jetzt etwa nicht ernsthaft?«

»Jetzt verfolgst du die Kugel nicht mehr. Du hast nur noch Augen für deine Papiere und deine Zahlen. Liebling, das sind unsere *Ferien*.«

»Es wären unsere Ferien gewesen, wenn Dreuther gekommen wäre.«

»Jetzt können wir uns auch ohne Dreuther Ferien leisten. Laß uns morgen ein Flugzeug nehmen – irgendwohin.«

»Nicht morgen. Nach meinen Berechnungen muß ich jetzt durch eine Verlustserie hindurch. Selbstverständlich werde ich nur mit Tausender-Jetons spielen, um die Verluste möglichst niedrig zu halten.«

»Dann eben danach.«

»Danach muß ich mit doppelten Einsätzen meine Verluste wieder wettmachen. Bist du mit deinem Kaffee fertig? Es ist höchste Zeit für das Ballett.«

»Ich habe Kopfschmerzen. Ich will nicht ins Ballett.«

»Selbstverständlich mußt du Kopfschmerzen kriegen, wenn du nur Brötchen ißt.«

»Ich habe drei Tage lang nur Brötchen gegessen – und nie Kopfschmerzen gekriegt.« Sie stand auf und sagte langsam: »Aber damals war ich verliebt.«

Ich wollte mich nicht streiten – so ging ich allein zum Ballett.

Ich weiß nicht mehr, was für ein Ballett es war. Ich glaube, ich konnte mich schon am selben Abend nicht mehr erinnern. Mein Geist war mit anderen Dingen beschäftigt. Morgen mußte ich verlieren – wenn ich übermorgen gewinnen wollte. Sonst war mein System falsch. Meine ganze phantastische Gewinnsträhne würde sich als nichts denn Glück erweisen – als eine Art Glück, die der Wahrscheinlichkeitsrechnung nach nur alle paar Jahrhunderte einmal vorkommt, so wie einer der unzähligen Schreiberlinge, die ihr Leben mit dem Federhalter in der Hand verbringen, im Lauf der Jahrhunderte plötzlich einmal Shakespeares Werke produziert. Für mich war die Ballerina keine Frau, sondern eher eine Kugel, die auf dem Rad tanzt: Als sie sich am Schluß allein vor dem Vorhang verbeugte, war mir, als wäre die Kugel triumphierend im Zero-Fach gelandet und die Bank kassiere alle anderen Einsätze mit den langen Rechen der Croupiers ein – die zweitausend Francs von den kleinen Leuten und die großen rechteckigen Zehntausender der Reichen.

Um einen klaren Kopf zu bekommen, ging ich auf die Terrasse: Hier hatten wir am ersten Abend nebeneinander gestanden und ängstlich nach der »Möwe« Ausschau gehalten. Ich wünschte so sehr, Cary wäre bei mir, daß ich beinah ins Hotel gelaufen wäre und ihr gesagt hätte, sie habe ganz recht. Was bedeutete die Frage schon: System oder Glück? Wir konnten irgendwohin fliegen, unseren Urlaub ausdehnen. Ich hatte genug Geld, um mich in ein solides kleineres Unternehmen einzukaufen. In ein Unternehmen ohne Glaswände und moderne Skulpturen und ohne einen »Gam« im achten Stock. Und doch – es war, als ob man eine geliebte Frau unberührt verließe: fortzugehen und nie zu erfahren, ob nun die Poesie blinden Zufalls oder die Gesetzmäßigkeit eines vollkommenen Systems mich hatte gewinnen lassen. Ich würde dankbar für die Poesie sein – doch wie stolz würde ich sein, hätte ich den Beweis der Gesetzmäßigkeit in Händen.

Das Regiment war vollzählig versammelt: Während ich an den Tischen entlangschlenderte, fühlte ich mich wie der Kommandeur beim Appell. Am liebsten hätte ich die alte Dame wegen der tiefsitzenden künstlichen Margeriten auf ihrem Hut zur Rede gestellt und Mr. Bowles wegen seines schlechtpolierten Hörrohrs verwarnt. Jemand berührte meinen Ellbogen, und mechanisch gab ich einen Zweihundert-Francs-Jeton. »Ein bißchen zackiger, meine Beste«, hätte ich am liebsten gesagt. »Strecken Sie doch gefälligst den Arm richtig aus – und dann kümmern Sie sich endlich mal um Ihre Frisur!«

Die Spieler beobachteten mit dem Ausdruck nervösen Bedauerns, welchen Tisch ich wählen würde, und als ich stehenblieb, erhob sich sofort jemand, um mir seinen Platz anzubieten. Aber ich war nicht gekommen, um zu gewinnen – ich war gekommen, um, gleichsam symbolisch, zum erstenmal zu verlieren und mich gleich wieder zurückzuziehen. Also dankte ich höflich für den Stuhl, setzte eine Serie von acht Jetons und sah voller Genugtuung, wie der Croupier sie nach dem Spiel fortrechte. Dann ging ich zum Hotel zurück.

Cary war nicht da, und ich war enttäuscht. Ich wollte ihr erklären, wie wichtig dieser symbolische Verlust war. Statt dessen blieb mir nichts anderes übrig, als mich auszuziehen und zwischen die langweiligen Bettücher zu schlüpfen. Ich schlief sofort ein. Doch weil ich mich schon an Carys Gegenwart gewöhnt hatte, wachte ich gegen ein Uhr auf, schaltete das Licht ein und sah nach der Uhr – ich war noch immer allein. Um halb drei weckte mich Cary, als sie sich im Dunkeln zu ihrem Bett tastete.

»Wo warst du?« fragte ich.

»Spazieren«, sagte sie.

»Allein?«

»Nein.« Der Raum zwischen unseren Betten füllte sich

mit ihrer Feindseligkeit, aber ich war nicht so dumm, den ersten Streich zu führen – sie wartete ja nur darauf. Ich gab vor, mich umzudrehen und wieder einzuschlafen. Nach einer langen Pause sagte sie: »Wir sind zum Sea-Club gegangen.«

»Der ist geschlossen.«

»Wir kamen trotzdem rein – er war schrecklich groß und unheimlich mit all den aufgestapelten Tischen und Stühlen.«

»Ein richtiges Abenteuer, was? Wie habt ihr denn Licht gemacht?«

»Oh, der Mond schien ja ganz hell. Philippe hat mir seine Lebensgeschichte erzählt.«

»Hoffentlich habt ihr euch wenigstens Stühle von den Tischen gehoben.«

»Wir haben auf dem Boden gesessen.«

»Wenn es wirklich wahnsinnig interessant war, erzähl's mir. Andernfalls würde ich sagen, es ist schon ziemlich spät, und ich muß morgen...«

»Rechtzeitig im Kasino sein. Ich glaube kaum, daß du sein Leben interessant finden würdest. Es war so einfach – und so idyllisch. Und er hat es mit solchem Eifer, mit solch einer Intensität erzählt. Er hat ein *lycée* besucht.«

»Das tun fast alle Franzosen.«

»Seine Eltern starben, und er lebte bei seiner Großmutter.«

»Was war mit dem Großvater?«

»Der lebte auch nicht mehr.«

»Die Greisensterblichkeit ist in Frankreich sehr hoch.«

»Zwei Jahre war er beim Militär.«

»Wirklich ein ungewöhnlich aufregendes und originelles Leben«, sagte ich.

»Du kannst nur höhnen und höhnen«, sagte sie.

»Aber, Liebes, ich habe doch gar nichts gesagt.«

»Selbstverständlich interessiert es dich nicht. Du interessierst dich nie für jemanden, der anders ist als du, und er ist jung und sehr arm. Er lebt von Kaffee und Brötchen.«

»Armer Kerl«, sagte ich mit echtem Mitgefühl.

»Du zeigst so wenig Interesse, daß du nicht mal nach seinem Namen fragst.«

»Du hast gesagt, er heißt Philippe.«

»Und weiter?« fragte sie triumphierend.

»Dupont«, sagte ich.

»Nein. Chantier.«

»Ah – ich hab' ihn mit Dupont verwechselt.«

»Wer ist Dupont?«

»Vielleicht sehen sie einander ähnlich.«

»Ich habe gefragt, wer Dupont ist.«

»Keine Ahnung«, sagte ich. »Aber es ist furchtbar spät.«

»Du bist unerträglich.« Sie schlug auf ihr Kopfkissen, als wäre es mein Gesicht. Ein paar Minuten herrschte vollkommene Stille, dann sagte sie: »Du hast nicht mal gefragt, ob ich mit ihm geschlafen habe.«

»Tut mir leid. Hast du mit ihm geschlafen?«

»Nein. Aber er wollte, daß ich die Nacht mit ihm verbringe.«

»Auf einer Stuhlpyramide?«

»Morgen esse ich mit ihm zu Abend.«

Allmählich kam ich in die Stimmung, in der sie mich haben wollte. Ich konnte nicht länger an mich halten. »Wer, zum Teufel, ist dieser Philippe Chantier?« sagte ich.

»Der hungrige junge Mann natürlich.«

»Werdet ihr Brötchen und Kaffee zu Abend essen?«

»Ich bezahle. Er ist sehr stolz, aber ich bestand darauf. Er will mich in ein sehr einfaches, ruhiges und billiges Lokal führen. Eine Art Studentenkneipe.«

»Das trifft sich gut«, sagte ich, »zufällig esse ich auch mit jemand anders. Mit jemandem, den ich heute abend im Kasino kennengelernt habe.«

»Mit wem?«

»Mit einer Madame Dupont.«

»Den Namen gibt's nicht.«

»Den richtigen könnte ich dir schlecht sagen. Ich pflege die Ehre einer Dame zu wahren.«

»Wer ist sie?«

»Sie gewann heute groß beim Baccarat, und wir kamen ins Gespräch. Ihr Mann ist kürzlich gestorben. Sie hat ihn sehr geliebt und betäubt jetzt ihren Schmerz. Sie dürfte wohl bald Trost finden – jung, schön, klug und reich, wie sie ist.«

»Wo werdet ihr essen?«

»Nun, ich möchte sie nicht gern hier ins Hotel führen – die Leute könnten reden. Und in der *Salle Privée* ist sie zu bekannt. Sie schlug Cannes vor. Dort kennt uns niemand.«

»Na schön. Von mir aus brauchst du nicht früh nach Haus zu kommen. Bei mir wird es spät.«

»Genau das wollte ich dir sagen, meine Liebe.«

Es war eine dieser Nächte. Der »Gam« ist schuld! dachte ich, während ich, ihrer wachen Gegenwart schmerzlich bewußt, neben ihr lag – nun zerstört er auch noch unsere Ehe. »Liebes«, sagte ich, »wenn du deine Verabredung absagst, sage ich meine ab.«

»Ich glaube nicht an deine. Du hast sie erfunden.«

»Ich schwöre dir – Ehrenwort –, daß ich morgen mit einer Dame zu Abend essen werde.«

»Ich kann Philippe nicht enttäuschen«, sagte sie.

Nun muß ich's tun, dachte ich bitter, und wo, zum Teufel, soll ich eine Frau finden?

2

Beim Frühstück und beim Mittagessen behandelten wir einander mit größter Höflichkeit. Am späten Nachmittag begleitete mich Cary sogar zum Kasino, aber vermutlich wollte sie nur sehen, ob sie die Frau entdecken könnte. Der Zufall wollte es, daß eine bildschöne junge Frau an einem der Tische saß. Und Cary zog daraus offensichtlich einen falschen Schluß. Sie versuchte festzustellen, ob wir nicht heimlich Blicke tauschten, und konnte ihre Neugierde schließlich nicht länger bezähmen. »Willst du denn nicht mit ihr reden?« fragte sie.

»Mit wem?«

»Mit diesem Mädchen.«

»Ich weiß nicht, wovon du sprichst«, sagte ich in einem Ton, als ginge es mir noch immer darum, die Ehre einer Dame zu schützen.

»Ich muß jetzt gehen«, sagte Cary wütend. »Ich kann Philippe nicht warten lassen. Er ist so feinfühlig.«

Mein System funktionierte richtig: Ich verlor genau so viel, wie ich erwartet hatte, aber ich empfand keine Freude über die Richtigkeit meiner Berechnungen. Angenommen, es handelte sich nicht einfach um einen harmlosen Streit zweier Liebender. Angenommen, sie interessierte sich wirklich für diesen Burschen. Angenommen, dies wäre das Ende. Was sollte ich dann tun? Was blieb mir übrig? Fünfzehntausend Pfund war eine durchaus unbefriedigende Antwort auf diese Frage.

Ich war nicht der einzige Verlierer. In seinem Rollstuhl sitzend, gab Mr. Bowles seiner Pflegerin Anweisungen, was sie, über seine Schultern geneigt und ihren eigenen Rechen gebrauchend, setzen sollte. Auch er hatte ein System, aber ich hatte den Verdacht, daß sein System nicht funktionierte. Zweimal schickte er sie um Geld an die Kasse, und beim zweitenmal sah ich, daß er nur noch ein paar Tausend-Francs-Noten in der Brieftasche hatte. Er schnarrte seine Anweisungen, und sie setzte die letzten Jetons – etwa hundertfünfzigtausend Francs –, die Kugel rollte, und er verlor. Als er vom Tisch wegfuhr, fiel sein Blick auf mich.

»Sie«, sagte er, »wie heißen Sie?«

»Bertrand.«

»Ich hab' zuwenig Geld eingewechselt. Will nicht erst zum Hotel deswegen. Borgen Sie mir fünf Millionen.«

»Tut mir leid«, sagte ich.

»Sie kennen mich doch. Bin ich Ihnen vielleicht nicht gut dafür?«

»Das Hotel ...«, sagte ich.

»Ehe die Banken aufmachen, können die mir nicht so viel geben. Ich brauche es heute. Sie haben doch einen Haufen gewonnen. Ich habe Sie beobachtet. Ich werde Ihnen Ihr Geld zurückzahlen, ehe der Abend zu Ende ist.«

»Manche Leute sollen hier schon verloren haben.«

»Ich verstehe nicht, was Sie sagen«, sagte er und bewegte sein Hörrohr.

»Tut mir leid, Mr. ›Anderer‹«, sagte ich.

»Ich heiße nicht ›Anderer‹. Sie kennen mich. Ich bin A. N. Bowles.«

»Im Büro nennen wir Sie ›der Andere‹. Warum gehen Sie nicht zur Bank und lassen sich einen Scheck auszahlen? Dafür ist immer jemand im Dienst.«

»Ich habe kein Francs-Konto, junger Mann. Haben Sie noch nie was von Devisenbestimmungen gehört?«

»Sie scheinen keinen von uns beiden besonders zu behindern«, sagte ich.

»Wollen wir die Sache nicht lieber bei einer Tasse Kaffee besprechen?«

»Tut mir leid, ich habe zu tun.«

»Junger Mann«, sagte »der Andere«, »ich bin Ihr Arbeitgeber.«

»Mein Arbeitgeber ist ›der Gam‹.«

»Wer, zum Teufel, ist ›der Gam‹?«

»Mr. Dreuther.«

»›Der Gam‹. ›Der Andere‹. Bei ›Sitra‹ scheint ein bemerkenswerter Mangel an Respekt für die Direktion zu herrschen. Hat Sir Walter Blixon auch einen – äh – Spitznamen?«

»Die jüngeren Angestellten nennen ihn, glaube ich, ›die Blase‹.«

Ein dünnes Lächeln huschte über seine Züge. »Wenigstens *ein* sinnvoller Name«, bemerkte »der Andere«. »Sie können eine halbe Stunde spazierengehen«, sagte er zu seiner Pflegerin. »Gehen Sie zum Hafen. Sie haben mir doch immer erzählt, Sie hätten Boote so gern.«

Während ich Bowles mit seinem Rollstuhl in die Bar schob, trat langsam Schweiß auf meine Stirn und meine Hände. Die Idee, die mir eben kam, war so phantastisch, daß sie alle Gedanken an Cary und ihren hungrigen Kavalier vertrieb. Ich konnte nicht einmal bis zur Bar warten.

»Ich habe fünfzehn Millionen Francs in meinem Hotelsafe«, sagte ich. »Sie können sie sofort haben – für Ihre ›Sitra‹-Aktien.«

»Sie sind verrückt. Der Nennwert ist schon zwanzig Millionen. Und sowohl Dreuther wie Blixon würden mir fünfzig dafür geben. Bringen Sie mir ein Glas Perrier.«

Ich gab es ihm. »Und nun holen Sie die fünf Millionen«, sagte er.

»Nein.«

»Junger Mann«, sagte er. »Ich habe ein unfehlbares System. Seit zwanzig Jahren hab' ich mir geschworen, die Bank zu sprengen. Ich werde mich nicht von lumpigen fünf Millionen um den Erfolg bringen lassen. Gehen Sie jetzt endlich, und holen Sie das Geld. Sonst können Sie sich als fristlos entlassen betrachten.«

»Glauben Sie, daß Sie damit einen Mann erschrecken können, der fünfzehn Millionen im Hotelsafe hat? Und morgen zwanzig haben wird?«

»Sie haben den ganzen Abend verloren. Ich habe Sie beobachtet.«

»Mit diesem Verlust habe ich gerechnet. Er beweist nur die Richtigkeit meines Systems.«

»Es kann keine zwei unfehlbaren Systeme geben.«

»Darum wird sich Ihres auch als nur allzu fehlbar erweisen.«

»Erzählen Sie mir doch mal, wie Ihres geht.«

»Nein. Aber ich will Ihnen gern erklären, was an Ihrem falsch ist.«

»Mein System ist meine eigene Erfindung.«

»Und wieviel haben Sie damit gewonnen?«

»Ich hab' noch nicht angefangen zu gewinnen. Ich bin erst im ersten Stadium. Heute nacht werde ich anfangen zu gewinnen. Verdammt noch mal, holen Sie jetzt endlich die fünf Millionen.«

»Mit meinem System habe ich schon über fünfzehn Millionen gewonnen.«

Der Eindruck, »der Andere« sei ein besonnener Mann, hatte getrogen. Für einen teilweise gelähmten Mann ist es leicht, einen besonnenen Eindruck zu erwecken. Doch als sich seine Finger jetzt nur wenige Zentimeter auf seinem Knie vorwärtsschoben, war das schon ein Zeichen unbeherrschten Gefühls, sein Kopf bewegte sich ein wenig und ließ die Kordel seines Hörgeräts flattern. Es war so wie ein leiser Luftzug, der die Jalousien bewegt, wenn ein Tornado im Anzug ist. »Nehmen Sie mal an, wir haben zufällig beide dasselbe System entdeckt«, sagte er.

»O nein. Ich habe bei Ihnen zugesehen. Ich kenne Ihr System ganz genau. Für tausend Francs können Sie's in jedem Papiergeschäft kaufen.«

»Das ist nicht wahr! Ich habe es selbst entwickelt, in diesem Rollstuhl, junger Mann – in jahrelanger Arbeit. In zwanzig Jahren langer Arbeit!«

»Nicht nur große Geister kommen mitunter auf den gleichen Gedanken. Aber niemals wird eine Bank durch ein ›unfehlbares‹ System gesprengt werden, das man für tausend Francs überall kaufen kann.«

»Ich werde Ihnen beweisen, daß ich recht habe. Holen Sie jetzt die fünf Millionen.«

»Ich habe Ihnen meine Bedingungen genannt.«

Vorwärts, rückwärts und seitwärts krochen die Hände, so weit die Lähmung es ihnen gestattete. Wie Mäuse in der Falle – ich konnte sie förmlich an dem unerträglichen Gitter knabbern sehen. »Sie wissen ja gar nicht, was Sie da sagen. Ist Ihnen auch klar, daß Sie die ganze Gesellschaft kontrollieren, falls Sie sich zur Zusammenarbeit mit Blixon entschließen?«

»Ich würde wenigstens etwas von der Firma verstehen, die ich kontrolliere.«

»Jetzt hören Sie mal. Wenn Sie mir heute die fünf Millionen leihen, werde ich sie morgen früh zurückzahlen. Plus die Hälfte meines Gewinns.«

»Mit Ihrem System kann von Gewinn gar nicht die Rede sein.«

»Sie scheinen an Ihrem nicht zu zweifeln.«

»Stimmt.«

»Vielleicht verkaufe ich meine ›Sitra‹-Aktien für zwanzig plus Ihr System.«

»Ich habe keine zwanzig.«

»Na, wenn Sie Ihrer Sache so sicher sind, dann machen Sie eben eine Anzahlung von fünfzehn Millionen und zahlen den Rest in vierundzwanzig Stunden – morgen abend um neun Uhr –, oder Ihre fünfzehn Millionen sind verfallen. Darüber hinaus geben Sie mir Ihr System.«

»Ein verrückter Vorschlag.«

»Das ist ein verrückter Ort.«

»Falls ich morgen keine fünf Millionen gewinnen sollte, gehört mir keine einzige Aktie?«

»Nicht eine einzige.« Seine Finger bewegten sich nicht mehr.

Ich lachte. »Haben Sie auch daran gedacht, daß ich morgen früh nur Blixon anzurufen brauche und daß er mir das Geld sofort vorschießen würde? Er will die Aktien.«

»Morgen ist Sonntag. Unsere Vereinbarung heißt: Barzahlung!«

»Mein System kriegen Sie erst bei der Schlußabrechnung«, sagte ich.

»Wenn Sie nicht gewinnen, können Sie's behalten.«

»Aber zum Spielen brauche ich Geld.«

Er dachte lange darüber nach.

»Mit ein paar tausend Francs«, sagte ich, »können Sie nicht System spielen.«

»Sie können mir jetzt zehn Millionen geben«, sagte er, »à conto der fünfzehn. Wenn Sie verlieren, schulden Sie mir fünf Millionen.«

»Wie wollten Sie die je kriegen?«

Er grinste böse: »Ich werde zehn Jahre lang fünfhundert Pfund jährlich von Ihrem Gehalt pfänden lassen.«

Ich bin überzeugt, daß er genau das vorhatte. In Dreuthers und Blixons Welt hatte er mit seinem kleinen Aktienpaket nur auf Grund seiner Härte, Niedertracht und Unerbittlichkeit überleben können. »Dann werde ich zehn Millionen mit fünf Millionen gewinnen müssen.«

»Sie haben ja gesagt, Sie hätten ein vollkommenes System.«

»Das habe ich auch geglaubt.«

Der alte Mann wurde von seinem eigenen Spiel geschlagen. »Borgen Sie mir lieber die fünf Millionen«, sagte er spöttisch. »Und vergessen Sie die Aktien.«

Ich mußte an »den Gam« und seine Schlagzeilengäste auf der Jacht denken – was scherte er sich schon um seinen stellvertretenden Hauptbuchhalter? Ich erinnerte mich an die Art, wie er sich an Miss Bullen gewandt und gesagt hatte: »Arrangieren Sie Mr. Bertrams Trauung.« Er hielt es nicht einmal für nötig, sich meinen Namen richtig zu merken. Würde er von Miss Bullen auch die Geburt unserer Kinder und die Beerdigung unserer Eltern »arrangieren« lassen? Mit diesen Aktien würde ich ihn in der Hand haben. Von mir würden seine ganze Macht und seine Stellung abhängen – sein Zimmer im achten Stock, seine Jacht, *»luxe, calme et volupté«*. Mit seiner Kultur und seiner Vorbildlichkeit und seiner geheuchelten Freundlichkeit hatte er mich so eingewickelt, daß ich ihn beinahe für den großen Mann hielt, der zu sein er selbst glaubte. Und jetzt, dachte ich mit einer unerklärlichen Traurigkeit, wird er in meiner Hand sein; und mit Unbehagen betrachtete ich meine tintenbefleckten Finger.

»Sehen Sie«, sagte »der Andere«, »Sie glauben selber nicht mehr daran.«

»O doch!« sagte ich. »Ich nehme Ihr Angebot an. Ich mußte nur eben an etwas anderes denken.«

3

Ich holte das Geld, und wir setzten auf einem Notizblatt den Optionsvertrag auf, den die Pflegerin – die inzwischen zurückgekehrt war – und der Barkeeper als Zeugen unterschrieben. Ich mußte ihn morgen Punkt neun Uhr abends am selben Ort einlösen: »Der Andere« wollte weder durch gute noch durch schlechte Nachrichten vor dem Abendessen beim Spielen gestört werden. Dann brachte ich ihn dazu, mich zu einem Whisky einzuladen – ich bin überzeugt, daß es Moses leichter fiel, Wasser aus dem Felsen des Sinai zu schlagen –, und sah zu, wie er sich wieder in die *Salle Privée* fahren ließ. Für die nächsten vierundzwanzig Stunden war ich praktisch der Herr von »Sitra«. Weder Dreuther noch Blixon konnten ohne die Zustimmung ihres stellvertretenden Hauptbuchhalters etwas unternehmen. Es war ein eigenartiger Gedanke, daß keiner der beiden ahnte, wie das Blatt sich zu Dreuthers Ungunsten gewendet hatte. Blixon würde in Hampshire sitzen und sich auf die Lesungen für den morgigen Sonntag vorbereiten, indem er die Aussprache der Namen aus dem Buch der Richter probte – er würde keine Heiterkeit empfinden. Und Dreuther – Dreuther war auf See, außer Reichweite, beim Bridge mit seinen Gesellschaftslöwen, wahrscheinlich. Er würde keine Unsicherheit spüren. Ich bestellte noch einen Whisky. Ich zweifelte nicht im geringsten an meinem System, und auch das Gefühl des Bedauerns war verflogen. Blixon würde es als erster erfahren. Ich würde Montag früh im Büro anrufen. Der Takt gebot, ihn durch meinen Vorgesetzten, Arnold, von der neuen Lage unterrichten zu lassen. Auf keinen Fall durfte es auch nur ein vorübergehendes *rapprochement* von Dreuther und Blixon gegen den Eindringling geben. Ich würde Blixon durch Arnold sagen lassen, daß er auf mich zählen könnte. Dreuther würde von der ganzen Geschichte kein Wort erfahren, wenn er nicht zufällig von irgendeinem Hafen aus anrufen würde. Und sogar das konnte ich verhindern. Ich brauchte Arnold nur zu sagen, die Sache müsse bis zu Dreuthers Rückkehr geheimgehalten werden, dann hätte ich das Vergnügen, ihm die Nachricht selbst zu unterbreiten.

Ich ging, um Cary die Neuigkeit mitzuteilen: Ich wollte ihr Gesicht sehen, wenn sie erfuhr, daß sie die Frau des Mannes sei, der »Sitra« kontrollierte. Du hast mein System gehaßt, wollte ich ihr sagen, und die Stunden, die ich im Kasino verbracht habe; dabei hatte ich keine niederen Ziele – nicht dem Geld habe ich nachgejagt, und ich vergaß vollkommen, daß bis zu diesem Abend Geld mein einziges Motiv gewesen war. Ich begann zu glauben, ich hätte dieses Ziel schon mit den ersten zweihundert Francs Einsatz in der *cuisine* angestrebt.

Aber selbstverständlich konnte ich Cary nicht finden. »Madame ist mit einem Herrn ausgegangen«, sagte mir der Portier – überflüssigerweise, denn inzwischen war mir ihre Verabredung in der einfachen Studentenkneipe wieder eingefallen. Nun, es sollte mir nicht schwerfallen, eine Frau zu finden. Ich ging zurück zum Kasino, um mein Wort zu halten. Aber die schöne junge Frau hatte jetzt einen Mann bei sich: Ihre Finger wühlten in einem gemeinsamen Haufen Jetons, und bald wurde mir klar, daß alleinstehende Frauen, die zum Spielen in das Kasino kamen, nur sehr selten schön sind oder Interesse an Männern haben. Sie interessierten sich für die Kugel, nicht für das Bett. Ich mußte an Carys Fragen und an meine Lügen denken – und es gab keine Lüge, die sie nicht durchschaut hätte.

Ich sah die Blondine mit der Vogelnestfrisur zwischen den Tischen herumstreichen und hie und da, vom Croupier unbemerkt, einen schnellen Coup landen. Sie verfügte über eine meisterhafte Technik: Sobald sich irgendwo ein großer Berg Jetons ansammelte, tippte sie, mit einem zärtlichen Seitenblick auf den Eigentümer, auf ein einzelnes Stück, als wollte sie sagen: »Sie sind so großzügig – und ich bin so dankbar.« Sie war ihrer Sache so sicher, daß niemand das Herz hatte, sie zu enttäuschen. Heute trug sie lange Bernsteinohrringe und ein purpurrotes Abendkleid, das das Beste an ihr freiließ: die Schultern. Ihre Schultern waren wundervoll, breit und animalisch, aber wie das sich drehende Licht eines Leuchtturms tauchte ihr Gesicht immer wieder auf, das ungepflegte, falsche blonde Haar, das sich in den Ohrringen verfing (bei sich nannte sie ihre Haarsträhnen sicher »Schmachtlokken«), und das festgefrorene Lächeln. Während ich zusah, wie sie sich drehte, begann auch ich mich zu drehen: Ich geriet in ihren Gesichtskreis und erkannte, daß sie allein die Lösung war. Ich mußte mit einer Frau zu Abend essen, und im ganzen Kasino war sie die einzige, die mit mir essen gehen würde. Als sie gerade mit wehender Robe und leise klimpernder Abendtasche, in der sie vermutlich ihre erbettelten Hundert-Francs-Jetons aufbewahrte, einem Aufseher auswich, berührte ich ihre Hand. »Verehrte Gnädigste«, sagte ich – die Anrede überraschte mich selbst, als hätte eine fremde Macht sie mir in den Mund gelegt, und ganz gewiß gehörte sie in die Zeit ihres Abendkleides. »Verehrte Gnädigste«, wiederholte ich mit wachsendem Erstaunen (ich hatte beinah das Gefühl, ein kleiner weißer Schnurrbart sprösse auf meiner Oberlippe), »Sie werden, so hoffe ich zuversichtlich, einem Fremden vergeben ...«

Vermutlich lebte sie in ständiger Furcht vor den Aufsehern, denn als sie mich sah, verbreitete sich ihr instinktives Lächeln wie ein Flächenblitz über ihr ganzes Gesicht. »Oh, aber doch kein Fremder«, und ich war erleichtert, daß sie Engländerin war und daß ich also wenigstens nicht den ganzen Abend ein schlechtes Französisch würde sprechen müssen. »Ich habe Ihre außerordentlichen Erfolge mit großer Bewunderung verfolgt.« (Tatsächlich hatte sie verschiedentlich davon profitiert.)

»Ich habe mich, verehrte Gnädigste, gefragt« (schon wieder entschlüpfte mir die außerordentliche Anrede), »ob Sie mir wohl die Ehre geben würden, mit mir zu

Abend zu essen. Ich wüßte nicht, mit wem sonst ich mein Glück feiern sollte.«

»Aber gewiß, Colonel, es ist mir ein Vergnügen.«

Jetzt hob ich wirklich die Hand zum Mund, um mich zu überzeugen, ob der Schnurrbart da war. Wir beide schienen einstudierte Rollen zu sprechen – ich begann mich vor dem dritten Akt zu fürchten. Ich merkte, wie sie sich dem Restaurant der *Salle Privée* zuwandte, doch all mein Snobismus bäumte sich dagegen auf, ausgerechnet mit dieser Person dort zu essen. »Ich dachte«, sagte ich, »wir sollten ein wenig Luft schnappen – es ist ein wunderschöner Abend, die Hitze in diesen Räumen ... wie wäre es mit einem kleinen, exklusiven Restaurant ...« Ich würde ein Séparée vorgeschlagen haben, hätte ich nicht gefürchtet, sie könnte meine Absichten mißdeuten und womöglich gar willkommen heißen.

»Nichts würde mir größeres Vergnügen bereiten, Colonel.«

Wir fegten hinaus (es gab kein anderes Wort dafür), und ich betete, Cary möge mit ihrem jungen Mann sicher in ihrem billigen Studentencafé sitzen. Es wäre unerträglich gewesen, wenn sie mich in diesem Augenblick gesehen hätte. Diese Frau war die Unwirklichkeit selbst. Ich hatte das Gefühl, außer dem weißen Schnurrbart jetzt auch einen Zylinder und einen rotgefütterten Frackmantel zu tragen.

»Eine Pferdekutsche«, sagte ich. »Glauben Sie nicht, daß das das richtige wäre, in einer so balsamischen Nacht ...«

»Barsamisch, Colonel?«

»Mit l«, erklärte ich, doch glaube ich kaum, daß sie es verstand.

Als wir in der Kutsche saßen, bat ich um ihren Rat. »Ich bin hier leider ganz fremd. Ich habe eigentlich nie irgendwo draußen diniert. Wohin können wir gehen, wo es ruhig ist und ... exklusiv?« Ich war entschlossen, ein einsames Restaurant zu finden. Je einsamer, desto weniger peinlich würde es sein.

»Es gibt da ein neues kleines Restaurant. Ein Klub, eigentlich. Sehr *comme il faut. Orphée* heißt es. Nur fürchte ich, es ist ziemlich teuer, Colonel.«

»Geld spielt keine Rolle.« Ich nannte dem Kutscher den Namen und lehnte mich zurück. Da sie bolzengerade dasaß, konnte ich mich hinter ihrer massiven Gestalt verbergen. »Wann waren Sie zum letztenmal in Cheltenham?« fragte ich.

Heute abend mußte wirklich der Teufel seine Hand im Spiel haben. Was ich auch sagte, war ein Teil meiner Rolle. »Liebes altes Cheltenham«, sagte sie. »Wie haben Sie das herausgefunden?«

»Nun, Sie wissen ja, eine schöne Frau bleibt nicht unbemerkt ...«

»Leben Sie auch dort?«

»In einem der kleinen Häuser bei der Queen's Parade.«

»Dann sind wir ja beinah Nachbarn!« Und als wollte sie die Nachbarschaft betonen, spürte ich, wie sie ein winziges bißchen näher rückte. Gott sei Dank hielt die Kutsche. Wir waren kaum zweihundert Meter gefahren.

»Ein bißchen, äh – überspannt, wie?« sagte ich und starrte die erleuchtete, aus einer riesigen ausgehöhlten Kartoffel geschnittene Maske über der Tür an, wie das einem Colonel zukam. Wir mußten unseren Weg durch Baumwollfasern bahnen, die vermutlich Spinnweben darstellen sollten. An den Wänden des kleinen Raumes im Inneren hingen Bilder von Schriftstellern, Schauspielern und Filmstars, und wir mußten uns in ein Gästebuch eintragen, wodurch wir offenbar zu lebenslänglichen Mitgliedern des Klubs wurden. Ich schrieb Robert Devereux. Sie lehnte sich über meine Schulter, um meinen Namen lesen zu können.

Das Restaurant war überfüllt und von nackten Glühbirnen grell erleuchtet. Es hingen eine Menge Spiegel herum, die man offenbar bei der Versteigerung alten Restaurant-Inventars erworben hatte, denn sie machten Reklame für uralte Spezialitäten wie *Mutton Chopps.*

»Cocteau war zur Eröffnung hier«, sagte sie.

»Wer ist das?«

»Oh, Colonel«, sagte sie. »Sie wollen sich über mich lustig machen.«

»Nun«, sagte ich, »Leute wie ich haben nicht viel Zeit für Bücher«, und plötzlich entdeckte ich, genau unter dem Wort Chopps, Cary, die mich anstarrte.

»Wie ich Sie um Ihr tatenreiches Leben beneide«, sagte meine Begleiterin und legte ihre klimpernde Abendtasche auf den Tisch. Das Vogelnest zitterte, und die Bernsteinohrringe schwangen hin und her, als sie sich vorbeugte und in vertraulichem Ton sagte: »Erzählen Sie, Colonel. Ich liebe es, Männer von ihrem Leben sprechen zu hören.« (Carys Augen im Spiegel weiteten sich, ihr Mund war leicht geöffnet, als sei sie mitten in einem Wort steckengeblieben.)

»Ach«, sagte ich. »Da gibt's nicht viel zu erzählen.«

»Männer sind so viel bescheidener als Frauen. Hätte ich Taten vollbracht, würde ich nie müde, sie zu schildern. Wie ruhig muß Ihnen Cheltenham vorkommen.« Ich hörte am Nachbartisch einen Löffel fallen.

»Oh«, sagte ich schwach. »Ich habe Ruhe ganz gern. Was wollen Sie essen?«

»Ich habe so einen winzig-kleinen Appetit, Colonel. Eine *Langouste thermidor* ...«

»Und eine Flasche Witwentröster?« Ich hätte mich auf die Zunge beißen können – die scheußlichen Worte waren heraus, ehe ich mich dessen versah. Hätte ich mich nur zu Cary setzen und ihr sagen können: »Das bin nicht ich. Ich hab' das Stück nicht geschrieben. Es ist meine Rolle. Der Autor ist schuld ...«

Eine Stimme, die ich nicht kannte, sagte: »Aber ich bete dich an. Ich liebe alles, was du tust, deine Art zu sprechen, deine Art zu schweigen. Ach, könnte ich doch besser Englisch, so daß ich dir sagen könnte ...« Ich wandte mich langsam zur Seite und sah Cary an. Seit unserem ersten Kuß hatte ich sie nie wieder so tief erröten sehen. »So jung und so romantisch«, sagte Vogelnest. »Ich habe immer geglaubt, wir Engländer seien zu schweigsam und zu schüchtern. Das macht auch unsere Bekanntschaft so ungewöhnlich, nicht wahr? Zu denken, daß wir uns vor einer halben Stunde noch gar nicht kannten, und nun sitzen wir hier mit – wie nannten Sie es doch? – einer Flasche Wittwentröster. Wie ich diese männlichen Ausdrücke liebe. Sind Sie verheiratet, Colonel?«

»Nun, in gewisser Weise ...«

»Wie meinen Sie das?«

»Wir leben getrennt.«

»Wie traurig. Auch ich bin von meinem Mann getrennt – durch den Tod. Das ist vielleicht sogar weniger traurig.«

Eine Stimme, die ich zu hassen begonnen hatte, sagte: »Dein Mann verdient gar nicht, daß du ihm treu bist. Dich die ganze Nacht allein zu lassen und zu spielen ...«

»Heute spielt er nicht«, sagte Cary. Und mit halberstickter Stimme fügte sie hinzu: »Er ißt in Cannes mit einer jungen, schönen, klugen Witwe zu Abend.«

»Weine nicht, *chérie*.«

»Ich weine nicht, Philippe. Ich, ich, ich lache. Wenn er mich jetzt sehen könnte ...«

»Er würde verrückt vor Eifersucht, hoffentlich. Bist du eifersüchtig?«

»Wie rührend«, sagte Vogelnest. »Man muß einfach zuhören. Ist es nicht, als erhasche man einen Blick auf das volle Leben ...?«

Die ganze Sache erschien mir abscheulich einseitig.

»Frauen sind so leichtgläubig«, sagte ich mit leicht erhobener Stimme. »Meine Frau ließ sich mit einem jungen Burschen ein, bloß weil er halbverhungert aussah. Vielleicht war er's sogar. Jedenfalls führte er sie in teure Restaurants wie das hier und ließ sie für sich bezahlen. Wissen Sie, was eine *Langouste thermidor* hier kostet? Sie ist so teuer, daß sie den Preis nicht mal auf die Karte schreiben. Und das nannte sie eine einfache, billige Studentenkneipe.«

»Ich verstehe nicht ganz, Colonel. Hat Sie etwas verärgert?«

»Und der Wein. Glauben Sie nicht, daß ich wenigstens verbieten mußte, daß er auf meine Kosten Wein trank?«

»Sie müssen schandbar behandelt worden sein.«

Jemand stellte ein Glas so hart auf den Tisch, daß es brach. Die verhaßte Stimme sagte: »*Chérie*, das ist ein gutes Vorzeichen. Sieh mal, ich tupfe etwas Wein hinter deine Ohren und auf deinen Scheitel ... Glaubst du, dein Mann wird mit dieser schönen jungen Frau in Cannes schlafen?«

»Schlafen ist ungefähr das einzige, wozu er fähig ist.«

Ich sprang auf und schrie sie an – ich konnte nicht länger an mich halten: »Wie kannst du wagen, so etwas zu sagen?«

»Philippe«, sagte Cary, »laß uns gehen.« Sie legte ein paar Scheine auf den Tisch und führte ihn hinaus. Er war zu überrascht, um zu protestieren.

»Die beiden sind wirklich zu weit gegangen«, sagte Vogelnest. »So etwas sagt man doch nicht in der Öffentlichkeit, Colonel. Die jungen Leute sollen sich das nur zu Herzen nehmen.«

Sie brauchte fast eine Stunde für ihren Hummer und ihr Erdbeereis. Dabei erzählte sie mir ihre ganze Lebensgeschichte. Sie begann über dem Hummer mit ihrer Kindheit in einem alten Pfarrhaus in Kent und endete beim Eis mit ihrer schmalen Witwenrente in Cheltenham. In Monte Carlo lebte sie in einer kleinen Pension, weil die »exklusiv« war, und ich nahm an, daß sie mit dem Geld aus dem Kasino ihren Unterhalt annähernd bestreiten konnte.

Endlich wurde ich sie los und ging nach Haus. Ich fürchtete, Cary könnte nicht dasein. Aber sie saß im Bett und las in einem von den Sprachführern, die wie schrecklich lustige Romane aufgemacht sind. Als ich die Tür öffnete, sah sie auf und sagte: *»Entrez, mon Colonel.«*

»Warum liest du das?« fragte ich.

»J'essaye de faire mon français un peu meilleur.«

»Warum?«

»Vielleicht lebe ich eines Tages in Frankreich.«

»Oh, mit wem denn? Mit dem hungrigen Studenten?«

»Philippe hat mich gefragt, ob ich seine Frau werden will.«

»Nach dem teuren Abendessen wird er sich verpflichtet gefühlt haben.«

»Ich sagte ihm, dem stünde ein vorübergehendes Hindernis im Wege.«

»Du meinst dein schlechtes Französisch?«

»Ich meinte dich, selbstverständlich.«

Sie begann plötzlich zu weinen und verbarg ihr Gesicht hinter dem Sprachführer, damit ich's nicht sehen sollte. Ich setzte mich auf das Bett und legte meine Hand auf ihre Schulter. Ich war so müde. Und wir waren weit weg von unserem Londoner Pub. Ich hatte das Gefühl, wir wären schon lange verheiratet und unsere Ehe sei ein Fehlschlag gewesen. Ich wußte nicht, wie ich sie kitten konnte. »Laß uns nach Hause fahren«, sagte ich.

»Und nicht mehr auf Mr. Dreuther warten?«

»Wozu? Mr. Dreuther gehört mir, praktisch.«

Ich hatte es ihr nicht sagen wollen, aber ich konnte es nicht für mich behalten und erzählte ihr alles. Sie tauchte hinter dem Sprachführer auf und hörte auf zu weinen. Ich erzählte ihr, ich würde meine Aktien an Blixon verkaufen, wenn ich die Tatsache, Dreuthers Chef zu sein, lange genug ausgekostet hätte – und daß das Dreuthers Ende bedeuten würde. »Uns wird es jedenfalls ausgezeichnet gehen«, sagte ich.

»Nicht *uns*.«

»Was soll das heißen?«

»Liebling, ich bin jetzt nicht hysterisch, und ich bin auch nicht böse. Ich spreche wirklich ganz im Ernst. Ich habe keinen wohlhabenden Mann geheiratet. Ich habe einen Mann geheiratet, den ich im ›Volunteer‹ getroffen habe – einen Mann, der gern kalte Würstchen aß und mit dem Omnibus fuhr, weil ihm Taxis zu teuer waren. Es war ihm in seinem Leben nicht sehr gut gegangen. Er hatte eine schlechte Frau geheiratet, die ihm davongelaufen war.

Und ich wollte ihn von ganzem Herzen glücklich machen. Und jetzt bin ich plötzlich neben einem Mann aufgewacht, der alles Glück, das er haben will, kaufen kann, und dessen Vorstellung vom Glück es ist, einen alten Herrn zu ruinieren, der freundlich zu ihm war. Was wäre schon dabei, wenn Dreuther vergessen hätte, daß er dich einlud? Als er es tat, tat er es von Herzen. Du schienst müde zu sein, und er hatte dich gern – einfach so, ohne einen besonderen Grund. Genau wie ich dich gern hatte, als ich dich zum erstenmal im ›Volunteer‹ sah. So geht es den Menschen nun einmal. Sie funktionieren nicht nach einem verdammten System wie dein Roulette.«

»Du hast unter meinem System nicht gerade leiden müssen.«

»Und ob. Es hat mich kaputtgemacht. Ich habe für dich gelebt, und ich habe dich verloren.«

»Das hast du nicht. Hier bin ich.«

»Wenn ich nach Hause komme und in das ›Volunteer‹ gehe, wirst du nicht dasein. Und wenn ich an der Omnibushaltestelle warte, wirst du auch dort nicht sein. Du wirst nirgends sein, wo ich dich finden kann. Du wirst unterwegs zu deinem Landhaus in Hampshire sein wie Sir Walter Blixon. Liebling, du hast großes Glück gehabt und einen Haufen Geld gewonnen, aber ich liebe dich nicht mehr.«

»Du liebst nur die Armen, was?« versuchte ich zu höhnen. Aber mein Hohn war nicht aufrichtig.

»Ist das nicht besser, als nur die Reichen zu lieben?

Liebling, ich werde auf dem Sofa im Wohnzimmer schlafen.«

Wir hatten jetzt wieder ein Wohnzimmer und ein Ankleidezimmer für mich, genau wie am ersten Tag. »Mach dir keine Umstände«, sagte ich, »ich hab' mein eigenes Bett.«

Ich trat auf den Balkon. Es war wie in der ersten Nacht, als wir gestritten hatten – aber jetzt kam sie nicht auf ihren Balkon, und wir hatten nicht gestritten. Ich wollte an ihre Tür klopfen und etwas sagen, aber ich wußte nicht, was ich sagen sollte. Mir war, als müßten all meine Worte klingen wie das Geklimper der Jetons in Vogelnests Abendtasche.

4

Ich sah sie weder beim Frühstück noch beim Mittagessen. Nach dem Mittagessen ging ich ins Kasino und wollte zum erstenmal in meinem Leben nicht gewinnen. Aber an meinem System hatte der Teufel mitgearbeitet: Ich gewann. Ich hatte das Geld, um die Aktien von Bowles einzulösen. Sie gehörten mir – dabei hätte ich gewünscht, meine letzten zweihundert Francs in der *cuisine* verloren zu haben. Anschließend ging ich auf der Terrasse auf und ab.

Manchmal kommen einem beim Gehen Gedanken. Mir kam kein einziger. Dann entdeckte ich, mit einem zufälligen Blick auf den Hafen hinunter, eine weiße Jacht, die bisher nicht dagewesen war. Sie zeigte die britische Flagge, ich kannte sie von Zeitungsphotos. Es war die »Möwe«. Nun war also »der Gam« doch noch gekommen – mit nicht viel mehr als einer Woche Verspätung. Du Hund, dachte ich, hättest du dein Versprechen gehalten, dann hätte ich Cary nicht verloren. Ich war nicht bedeutend genug, daß man sich meiner erinnert hätte, und jetzt bin ich für sie zu bedeutend, als daß sie mich liebte. Nun gut, wenn ich sie schon verloren habe, dann sollst du alles verlieren – Blixon wird wahrscheinlich gerne die Jacht kaufen.

Ich ging in die Bar. »Der Gam« war da. Er hatte sich gerade einen Pernod bestellt und unterhielt sich mit der herzlichen Vertraulichkeit des alten Stammgastes mit dem Barmann in fließendem Französisch. Was immer des Mannes Sprache gewesen wäre, er hätte sie vollendet gesprochen – er war der Typ, der in allen Zungen redete. Jetzt war er nicht der Dreuther vom achten Stock – er hatte eine alte Jachtmütze auf die Bar gelegt und trug einen kurzen weißen Bart, ausgebeulte alte blaue Hosen und ein Sweatshirt. Als ich eintrat, hörte er nicht auf zu reden, aber ich konnte sehen, wie er mich im Spiegel hinter der Bar musterte. Er starrte mich versonnen an, als versuchte er, sich zu besinnen, woher er mich kannte. Es wurde mir klar, daß er nicht nur die Einladung vergessen hatte – er hatte auch mich vergessen.

»Mr. Dreuther«, sagte ich.

Er wandte sich so langsam er konnte nach mir um. Offensichtlich versuchte er, sich zu erinnern.

»Sie erinnern sich nicht?« fragte ich.

»Mein guter Freund, selbstverständlich erinnere ich mich genau. Lassen Sie mich mal sehen, zuletzt trafen wir uns ...«

»Ich heiße Bertrand.« Ich konnte sehen, daß ihm das überhaupt nichts sagte.

»Natürlich. Natürlich«, sagte er. »Schon lange hier?«

»Wir kamen vor exakt neun Tagen an. Wir hatten gehofft, Sie würden rechtzeitig zu unserer Trauung eintreffen.«

»Trauung?« Ich sah, wie er sich allmählich erinnerte. Einen Augenblick war er um eine Erklärung verlegen.

»Mein guter Freund, hoffentlich hat alles geklappt. Wir wurden durch einen Maschinenschaden aufgehalten. Draußen auf See. Sie wissen, wie es einem gehen kann. Konnten keine Nachricht geben. Aber ich hoffe, Sie kommen nun endlich an Bord. Packen Sie nur gleich. Gegen Mitternacht will ich los. Monte Carlo ist eine zu große Versuchung für mich. Wie ist es Ihnen ergangen? Haben Sie Geld verloren?« Er schwemmte seinen Fehler mit einer Flut von Worten in die Vergessenheit.

»Nein, ich habe ein bißchen gewonnen.«

»Halten Sie es fest. Anders geht's nicht.« Er zahlte rasch für seinen Pernod – er wollte so schnell wie möglich von seinem Fehler wegkommen. »Folgen Sie mir nach unten.

Wir können an Bord zu Abend essen. Wir drei. Bis Portofino kommt niemand anders an Bord. Sagen Sie im Hotel, ich würde die Rechnung bezahlen.«

»Nicht nötig. Ich kann schon selbst bezahlen.«

»Sie können sich doch nicht verausgaben, bloß weil ich zu spät gekommen bin.« Er griff nach seiner Jachtmütze und ging. Ich konnte nur sehen, daß er torkelte wie ein Seemann. Er hatte mir keine Zeit gelassen, meinen Haß auszuleben. Ich hatte ihm nicht einmal sagen können, daß ich nicht wußte, wo meine Frau war. Ich steckte das Geld für Bowles in einen Umschlag und beauftragte den Portier, es um neun Uhr in der Bar des Kasinos für ihn bereitzuhalten. Dann ging ich in mein Zimmer und begann zu packen. Ich hegte die verzweifelte Hoffnung, daß unser ganzer Kummer, wenn ich Cary nur von hier fort auf See bringen könnte, in diesem Luxushotel und in der *Salle Privée* zurückbleiben würde. Hätte ich nur unser ganzes Unglück auf eine Zahl setzen und verlieren können! Erst als ich mit dem Packen fertig war und in ihr Zimmer ging, bemerkte ich, daß ich keine Hoffnung hatte. Ihr Zimmer war mehr als leer – es war verlassen. Der Frisiertisch wartete auf einen anderen Besitzer – das einzige, was sie zurückgelassen hatte, war der übliche Brief. Frauen lesen so viele Zeitschriften – sie kennen die Formeln für eine Trennung. Ich glaube sogar, sie hatte die Worte auswendig gelernt, so unpersönlich waren sie. »Liebling, ich bin gegangen. Ich hätte es nicht ertragen können, es Dir zu sagen – und was hätte es auch genützt? Wir passen nicht mehr zusammen.«

Ich mußte daran denken, wie wir vor neun Tagen den alten Pferdekutscher angetrieben hatten. Jawohl, sagte der Portier, Madame habe das Hotel vor einer Stunde verlassen.

Ich gab ihm meine Koffer zur Aufbewahrung. Dreuther würde keinen Wert auf meine Gesellschaft an Bord legen, nachdem er alles von mir erfahren hatte.

5

Dreuther hatte sich rasiert, sein Hemd gewechselt und las in einem Buch. Jetzt hatte er wieder die Allüre des achten Stocks. Die Bar stand einladend offen, und die Blumen sahen aus, als seien sie neu arrangiert. Es machte keinen Eindruck auf mich. Ich kannte seine Liebenswürdigkeit, aber oberflächliche Liebenswürdigkeit kann Menschen ruinieren. Liebenswürdigkeit muß von Herzen kommen. In meinem Geist hielt ich ein Messer bereit und wartete nur darauf, es zu gebrauchen.

»Aber wo ist Ihre Frau?«

»Sie kommt nach«, sagte ich.

»Und Ihr Gepäck?«

»Das Gepäck auch. Kann ich was zu trinken haben?«

Es machte mir nichts aus, mir auf seine Kosten Mut anzutrinken. Ich kippte zwei Whiskys hinunter. Er schenkte sie mir selbst ein, holte das Eis und bediente mich wie einen Gleichgestellten. Dabei hatte er keine Ahnung, daß ich in Wahrheit sein Vorgesetzter war.

»Sie sehen müde aus«, sagte er, »die Ferien haben Ihnen nicht gutgetan.«

»Ich habe Sorgen.«

»Haben Sie daran gedacht, den Racine mitzubringen?«

»Ja.« Einen Augenblick war ich gerührt, daß er sich daran erinnerte.

»Vielleicht lesen Sie nach dem Abendessen ein bißchen daraus vor. Ich habe ihn früher genauso geschätzt, wie Sie ihn jetzt schätzen. Aber ich habe so viel vergessen. Alter ist die große Zeit des Vergessens.«

Ich erinnerte mich daran, was Cary gesagt hatte – hatte er in seinem Alter nicht wirklich das Recht, zu vergessen? Aber sobald ich an Cary dachte, konnte ich die Tränen kaum zurückhalten.

»Wir vergessen so viel Naheliegendes, aber an die Vergangenheit erinnern wir uns genau. Wie oft beunruhigt mich Vergangenes. Unnötige Mißverständnisse. Unnötiger Schmerz.«

»Kann ich noch einen Whisky haben?«

»Aber selbstverständlich.« Er stand auf, um ihn einzuschenken. Über seine kleine Bar gebeugt, wandte er sich zu mir um und sagte: »Schütten Sie ruhig Ihr Herz aus. Wir sind hier nicht im achten Stock. Zwei Männer im Urlaub. Freunde, hoffe ich. Trinken Sie ruhig. Wenn man unglücklich ist, ist ein kleiner Rausch kein Fehler.«

Ich hatte mehr als einen kleinen Rausch. Ich hatte meine Stimme kaum in der Gewalt, als ich sagte: »Meine Frau kommt nicht. Sie hat mich verlassen.«

»Ein Streit?«

»Eigentlich kein Streit. Keine Worte, die man leugnen oder vergessen kann.«

»Liebt sie einen anderen?«

»Ich weiß nicht. Vielleicht.«

»Reden Sie sich die Sache vom Herzen. Ich kann Ihnen nicht helfen. Aber man braucht jemanden, der zuhört.«

Durch das Pronomen »man« verallgemeinerte er meine Lage zu etwas, worunter alle Männer zu leiden bestimmt waren. »Man« wird geboren, »man« stirbt, »man« verliert die Geliebte. Ich sagte ihm alles – ausgenommen das, wozu ich an Bord gekommen war. Ich erzählte ihm von unseren Kaffee- und Brötchenmahlzeiten, von meinen Gewinnen, vom hungrigen Studenten und vom Vogelnest. Ich erzählte ihm von unserem Streit wegen des Kellners, und ich wiederholte ihm ihre letzten Worte: »Ich liebe dich nicht mehr.« Ich zeigte ihm sogar (so unglaublich es mir jetzt auch scheint) ihren Brief.

»Tut mir schrecklich leid«, sagte er. »Wäre ich nicht – aufgehalten worden, dann wäre all das nicht geschehen. Andererseits hätten Sie auch nicht das viele Geld gewonnen.«

»Das Geld soll verdammt sein«, sagte ich.

»Das ist leicht gesagt. Wie oft hab' ich es selbst gesagt. Und doch, hier bin ich.« Er wies auf den kleinen bescheidenen Salon, den sich doch nur ein sehr reicher Mann leisten konnte. »Hätte ich gemeint, was ich sagte, wäre ich jetzt nicht hier.«

»Ich meine es.«

»Dann können Sie auch hoffen.«

»Vielleicht schläft sie in diesem Augenblick schon mit ihm.«

»Das zerstört die Hoffnung nicht. Oft entdeckt man, wie sehr man jemanden liebt, erst dadurch, daß man mit jemand anderem schläft.«

»Was soll ich tun?«

»Rauchen Sie eine Zigarre.«

»Danke, ich mag Zigarren nicht.«

»Dann erlauben Sie.« Er steckte sich selbst eine an. »Auch diese Dinger kosten Geld. Gewiß, ich kann Geld nicht leiden – wer könnte das schon? Die Münzen sind häßlich, und das Papier ist schmutzig. Wie Zeitungen, die man im Park aufliest. Aber ich liebe Zigarren, diese Jacht, Gastfreundschaft, und, vermutlich, ich fürchte – jawohl«, fügte er hinzu, während er seine Zigarre wie eine Flagge senkte, »Macht.«

Ich hatte schon vergessen, daß er sie gar nicht mehr besaß. »Man muß sich einfach mit diesem Geld abfinden.«

»Haben Sie eine Ahnung, wo sie jetzt sein könnten?« fragte er mich.

»Sie feiern, vermutlich – mit Kaffee und Brötchen.«

»Ich hab' vier Frauen gehabt. Sind Sie sicher, daß Sie sie wiederhaben wollen?«

»Ja.«

»Es kann sehr friedlich sein ohne sie.«

»Ich hab' keine Sehnsucht nach Frieden. Noch nicht.«

»Meine zweite Frau – damals war ich noch jung – verließ mich ebenfalls, und ich machte den Fehler, sie zurückzugewinnen. Es hat mich Jahre gekostet, sie wieder zu verlieren. Sie war eine gute Frau. Es ist nicht leicht, eine gute Frau zu verlieren. Wenn man schon heiraten muß, sollte man besser eine schlechte Frau heiraten.«

»Hab' ich beim erstenmal getan – es war nicht sehr lustig.«

»Wie interessant.« Er zog an seiner Zigarre und beobachtete den Rauch, bis er sich auflöste. »Immerhin, es hat nicht standgehalten. Eine gute Frau hält stand. Blixon ist mit einer guten Frau verheiratet. An Sonntagen sitzt sie neben ihm in der Kirche und denkt ans Mittagessen. Sie ist eine ausgezeichnete Hausfrau und hat viel Geschmack, was die Einrichtung angeht. Ihre Hände sind plump. Sie erklärt voll Stolz, wie gut sie zum Backen geeignet sind – doch dafür sollten die Hände einer Frau eigentlich nicht dasein. Sie ist eine sittenstrenge Frau, und wenn er sie während der Woche allein läßt, fühlt er sich vollkommen sicher. Das Schlimme ist nur, daß er wieder zu ihr zurück muß – daß er immer wieder zu ihr zurück muß.«

»Cary ist nicht dermaßen gut.« Ich betrachtete den Rest meines Whiskys. »Ich wünschte bloß, Sie könnten mir sagen, was ich tun soll.«

»Ich bin zu alt. Junge Leute würden mich einen Zyniker

nennen. Die Menschen lieben die Wirklichkeit nun mal nicht. Sie lieben die Vernunft nicht. Bis das Alter sie dazu zwingt. Ich würde sagen – holen Sie Ihre Koffer, vergessen Sie das Ganze – mein Whiskyvorrat ist groß. Betäuben Sie sich für ein paar Tage. In Portofino kommen morgen ein paar sehr nette Leute an Bord. Celia Charteris wird Ihnen sehr gut gefallen. Und wenn Sie unter Ihrem Zölibat leiden sollten – in Neapel gibt es eine Menge Frauenhäuser. Ich werde im Büro anrufen und Ihren Urlaub verlängern lassen. Seien Sie zufrieden mit dem Abenteuer, und versuchen Sie nicht, es zu zähmen.«

»Ich will Cary«, sagte ich. »Weiter nichts. Abenteuer können mir gestohlen bleiben.«

»Meine zweite Frau hat mich verlassen, weil ich ihr zu ehrgeizig war. Sie wußte nicht, daß nur ein Sterbender frei von Ehrgeiz ist. Und auch der hat wahrscheinlich den Ehrgeiz, zu leben. Manche Leute verbergen ihren Ehrgeiz – das ist alles. Meine Stellung ermöglichte es mir, dem jungen Mann zu helfen, den meine Frau liebte. Sein Ehrgeiz zeigte sich bald. Es gibt verschiedene Arten von Ehrgeiz – das ist das Ganze –, und meine Frau entdeckte, daß sie die meine vorzog. Weil sie keine Grenzen kannte. Das Grenzenlose empfinden sie nicht als unwürdigen Rivalen, wenn aber ein Mann ihnen den Schreibtisch eines stellvertretenden Direktors vorzieht – das ist eine Beleidigung.« Er betrachtete voll Kummer die Asche seiner Zigarre. »Nun – man soll sich auf keinen Fall einmischen.«

»Ich würde alles tun ...«

»Ihre Frau ist romantisch. Die Armut dieses jungen Mannes macht ihr Eindruck. Ich glaube, ich habe da eine Idee. Nehmen Sie sich noch einen Whisky, während ich es Ihnen erkläre ...«

Dritter Teil

I

Leicht schwankend von der Wirkung des Whiskys ging ich die Gangway hinunter und die Straße vom Hafen hinauf. Es war Viertel nach acht, und der Anblick der Uhr erinnerte mich daran, was ich Dreuther nicht gesagt hatte. »Versuchen Sie's nicht mit Geld«, hatte Dreuther gesagt. »Geld ist zu schmutzig. Die kleinen runden verführerischen Dinger dagegen – Sie werden sehen: Kein Spieler kann ihnen widerstehen.« Ich suchte die beiden im Kasino. Dort waren sie nicht. Dann wechselte ich alles Geld, das ich bei mir trug, und als ich herauskam, klimperte meine Tasche wie Vogelnests Beutel.

Ich brauchte nur eine Viertelstunde, sie zu finden: Sie saßen in dem kleinen Café, in dem wir in den ersten Tagen gegessen hatten. Eine Weile beobachtete ich sie ungesehen von der Tür aus. Cary machte keinen glücklichen Eindruck. Wie sie mir später erzählte, war sie dorthin gegangen, um sich selbst zu beweisen, daß sie mich nicht mehr liebte, daß den Plätzen, die wir gemeinsam besucht hatten, kein sentimentales Gefühl anhaftete, und sie merkte, daß der Beweis mißlang. Einen Fremden auf meinem Stuhl sitzen zu sehen machte sie unglücklich, und der Fremde hatte eine Angewohnheit, die sie verabscheute: Er schob das Brötchen in den Mund und biß das butterbestrichene Ende ab. Sobald er fertig gegessen hatte, zählte er sein Geld und bat sie, eine Minute ruhig zu sein, während er an seinem System herumrechnete. »Wir können heute abend in der *cuisine* fünfhundert riskieren«, sagte er. »Das sind fünf Einhundert-Francs-Einsätze.« Er saß mit Bleistift und Papier da, als ich das Lokal betrat.

Ich sagte vom Eingang her »Hallo«, und Cary drehte sich um. Beinah lächelte sie mich aus Gewohnheit an – ich konnte das Lächeln schon in ihren Augen aufsteigen sehen, doch dann unterdrückte sie es, wie ein Junge seinen Drachen zu Boden zerren mochte, weg vom Wind.

»Was willst du hier?« fragte sie.

»Ich wollte mich überzeugen, ob es dir gutgeht.«

»Es geht mir gut.«

»Manchmal tut man etwas, das man später lieber ungeschehen machen möchte.«

»Ich nicht.«

»Bitte, sei doch still«, sagte der junge Mann. »Ich arbeite hier an einem sehr komplizierten Problem.«

»Philippe, mein – Mann ist hier.«

Er sah auf, sagte: »Oh, guten Abend«, und begann, mit dem Bleistift nervös auf den Tisch zu klopfen.

»Ich hoffe, Sie sorgen gut für meine Frau.«

»Das geht Sie gar nichts an«, sagte er.

»Es gibt da gewisse Kleinigkeiten, die Sie wissen sollten,

um sie glücklich zu machen. Sie haßt Haut auf heißer Milch. Sehen Sie, ihre ganze Untertasse ist voll davon. Sie sollten beim Eingießen darauf achten. Sie haßt gewisse kleine Geräusche, das Krachen von Toast, beispielsweise – oder von dem Brötchen, das Sie da essen. Außerdem dürfen Sie keine Nüsse kauen. Hoffentlich hören Sie gut zu. Das Bleistiftgekratze hört sie auch nicht gern.«

»Verschwinden Sie«, sagte der junge Mann.

»Ich würde lieber allein mit meiner Frau reden.«

»Ich will nicht mit dir allein sein«, sagte Cary.

»Da hören Sie es. Bitte, gehen Sie.« Es war erstaunlich, wie genau Dreuther diese Auseinandersetzung vorausgesagt hatte. Ich begann zu hoffen.

»Tut mir leid. Ich muß darauf bestehen.«

»Sie haben kein Recht ...«

»Wenn du nicht gehst«, sagte Cary, »dann werden wir beide gehen. Philippe, bezahle bitte.«

»*Chérie*, ich muß an meinem System arbeiten.«

»Ich mache Ihnen einen Vorschlag«, sagte ich. »Ich bin zwar viel älter als Sie, aber ich biete Ihnen an, mich mit Ihnen zu schlagen. Wenn ich gewinne, spreche ich allein mit Cary. Wenn ich verliere, gehe ich und werde Sie nie wieder belästigen.«

»Das erlaube ich nicht«, sagte Cary.

»Sie haben es gehört«, sagte er.

»Dann werde ich eben die halbe Stunde mit ihr bezahlen.«

»Wie kannst du es wagen!« rief Cary.

Ich griff in meine Taschen und zog Hände voll roter und gelber Jetons hervor – Fünfhundert- und Tausend-Franc-Jetons – und warf sie auf den Tisch zwischen die Kaffeetassen. Er konnte die Augen nicht von ihnen losreißen. Es waren genug für sein System. »Lieber würde ich mich mit Ihnen schlagen«, sagte ich. »Das ist mein ganzes übriges Geld.«

Er starrte auf die Jetons. »Ich will keinen Zank«, sagte er.

»Philippe«, sagte Cary. »Willst du etwa ...«

»Es ist Ihre einzige Chance, hier rauszukommen, ohne sich mit mir zu schlagen«, sagte ich.

»*Chérie*, er bittet ja nur um eine halbe Stunde. Es ist schließlich sein gutes Recht. Ihr habt doch allerlei zu regeln, und ich kann mit diesem Geld mein System erproben.«

In einem Ton, an den ich mich in der letzten Woche gewöhnt hatte, sagte sie: »Also gut. Nimm sein Geld. Scher dich in dein verdammtes Kasino. Du hast sowieso den ganzen Abend an nichts anderes gedacht.«

Er hatte gerade genug Anstand, einen Augenblick zu zögern. »Also, *Chérie*, bis in einer halben Stunde dann.«

»Ich verspreche Ihnen, sie selbst zum Kasino zu bringen«, sagte ich. »Ich habe dort noch etwas zu erledigen.« Dann rief ich ihn zurück. »Sie haben einen Jeton verloren.« Er kam von der Tür zurück und klaubte ihn unter dem Tisch auf. Beim Anblick Carys wünschte ich fast, ich hätte nicht gewonnen.

Sie gab sich die größte Mühe, ihre Tränen zurückzuhalten. »Vermutlich hältst du dich für sehr raffiniert«, sagte sie.

»Nein.«

»Du hast mir gezeigt, was für ein Mensch er ist. Du hast bewiesen, was du beweisen wolltest. Was soll ich nun tun?«

»Komm für eine Nacht an Bord. Du hast eine eigene Kabine. Wir können dich morgen in Genua absetzen.«

»Du hoffst vermutlich, ich könnte es mir anders überlegen.«

»Ja. Das hoffe ich. Es ist keine große Hoffnung. Aber sie ist besser als Verzweiflung. Ich liebe dich nämlich.«

»Würdest du mir versprechen, nie wieder zu spielen?«

»Ja.«

»Würdest du das verdammte System wegwerfen?«

»Ja.«

In meiner Jugend gab es einen Schlager – »Und dann stand mein Herz still«. Genau das empfand ich, als sie anfing, Bedingungen zu stellen. »Hast du Dreuther die Sache mit den Aktien erzählt?« fragte sie.

»Nein.«

»Ich kann nicht auf seine Jacht gehen, solange er das nicht weiß. Das wäre zu gemein.«

»Ich verspreche dir, das noch heute abend zu klären.«

Sie hielt den Kopf gesenkt, so daß ich ihr Gesicht nicht sehen konnte, und sie saß ganz still. Ich hatte all meine Argumente vorgebracht: Auch ich hatte nichts mehr zu sagen. Um uns war nichts als der Ton laufenden Wassers und das Geklimper von Tassen. »Worauf warten wir noch?« sagte sie schließlich.

Wir holten das Gepäck und gingen zum Kasino hinüber. Sie wollte nicht mitkommen, aber ich sagte: »Ich habe versprochen, dich hinzubringen.«

Sie wartete in der Halle, und ich ging durch die *cuisine* – dort war er nicht. Dann ging ich in die Bar und weiter zur *Salle Privée*. Da saß er und spielte zum erstenmal in seinem Leben mit Fünfhundert-Francs-Jetons. »Der Andere« saß am selben Tisch – die rechteckigen Fünftausender um sich verstreut. Er saß in seinem Rollstuhl, und nur seine Finger bewegten sich wie Mäuse. Ich beugte mich über seine Schulter und eröffnete ihm die Neuigkeiten, die ihn betrafen, doch zeigte er keine Spur von Interesse, denn die Kugel rollte eben aus. *»Zéro«*, rief der Croupier, als ich neben Philippe trat.

»Cary ist hier«, sagte ich. »Ich habe mein Versprechen gehalten.«

»Sagen Sie ihr, sie möchte draußen warten. Ich bin am Gewinnen – die letzte Runde ausgenommen. Ich möchte nicht gestört werden.«

»Cary wird Sie nie wieder stören.«

»Ich habe zehntausend gewonnen.«

»Hier kriegt der Verlierer alles«, sagte ich. »Verlieren Sie das hier für mich. Mehr habe ich nicht.«

Ich wartete nicht auf seine Einwände – und ich glaube nicht, daß er welche vorgebracht hätte.

2

An diesem Abend war »der Gam« ein vollendeter Gastgeber. Er tat, als ahne er nichts von unserem Verdruß, und er tat es so vollkommen, daß wir selbst anfingen, ihn zu vergessen. Es gab Cocktails vor dem Essen und Champagner zum Essen, und ich merkte, wie Cary allmählich Schwierigkeiten mit dem Sprechen bekam. Sie ging zeitig zu Bett, weil sie mich mit »dem Gam« allein lassen wollte. Wir gingen beide mit ihr an Deck, um ihr gute Nacht zu sagen. Es wehte eine leichte Brise, und Wolken verbargen Mond und Sterne und ließen die Lichter auf den Jachten um so heller leuchten.

»Morgen abend«, sagte »der Gam«, »werden Sie mir einreden, Racine sei der größere Dichter – aber lassen Sie mich heute nacht an Baudelaire denken.« Er lehnte sich an die Reling und zitierte mit leiser Stimme, und ich fragte mich, zu wem aus seiner Vergangenheit der weise alte Mann mit dem grenzenlosen Ehrgeiz wohl sprechen mochte.

Vois sur ces canaux
Dormir ces vaisseaux
Dont l'humeur est vagabonde;
C'est pour assouvir
Ton moindre désir
Qu'ils viennent du bout du monde.

Er drehte sich um und sagte: »Ich sage das zu Ihnen, meine Liebe. Von ihm.« Er legte seinen Arm um ihre Schultern, dann schob er sie zur Kajütstreppe. Sie gab einen leisen Ton von sich – wie ein leidendes kleines Tier – und verschwand.

»Was ist los?« fragte »der Gam«.

»Sie hat an etwas denken müssen.« Ich wußte genau, woran – aber ich sagte es ihm nicht.

Wir gingen wieder in den Salon, und »der Gam« goß unsere Gläser voll. »Ich bin froh«, sagte er, »daß es so gut geklappt hat.«

»Sie kann immer noch in Genua von Bord gehen wollen.«

»O nein. Wir werden jedenfalls sicherheitshalber Genua nicht anlaufen.« Und nachdenklich fügte er hinzu: »Sie ist nicht die erste Frau, die ich entführe.«

Er reichte mir mein Glas. »Ich will nicht die ganze Nacht mit Ihnen trinken, aber ich wollte Ihnen etwas sagen. Ich werde einen neuen stellvertretenden Hauptbuchhalter engagieren.«

»Sie meinen – Sie kündigen mir?«

Unberechenbar, dieser Schuft, dachte ich – mir das jetzt zu sagen, solange ich sein Gast war. Hatte er womöglich während meiner Abwesenheit mit »dem Anderen« gesprochen? Er sagte: »Jetzt, da Sie verheiratet sind, werden Sie ein höheres Einkommen brauchen. Ich versetze Arnold zu ›General Enterprises‹. Sie werden ihn als Hauptbuchhalter ablösen. Jetzt trinken Sie Ihren

Whisky, und gehen Sie zu Bett. Sie lichten schon den Anker.«

Auf dem Weg nach unten fragte ich mich, ob Cary wohl ihre Kabinentür abgeschlossen hatte. Sie hatte es nicht getan. Sie saß auf ihrer Koje, die Knie hochgezogen, und starrte aus dem Bullauge. Die Maschine lief schon, und wir glitten langsam auf das Meer hinaus. Die Lichter des Hafens wanderten über die gegenüberliegende Wand. »Hast du es ihm gesagt?«

»Nein.«

»Du hast es versprochen«, sagte sie. »Ich kann nicht auf seinem Boot die italienische Küste hinunterfahren, ohne daß er eine Ahnung davon hat. Er ist so schrecklich nett gewesen ...«

»Ich schulde ihm alles, was ich habe«, sagte ich. »Er war es, der mir gesagt hat, was ich tun sollte, um dich zurückzugewinnen. Ich konnte keinen Gedanken fassen. Ich war verzweifelt.«

»Dann mußt du ihm es erst recht sagen. Jetzt. Sofort.«

»Ich habe ihm nichts zu sagen. Glaubst du wirklich, ich würde jetzt noch mit Blixon gemeinsame Sache gegen ihn machen?«

»Aber die Aktien ...«

»Als ich Philippe suchte, holte ich das Geld, das ich für ›den Anderen‹ hinterlegt hatte. Meine Option ist verfallen. ›Der Andere‹ ist um fünfzehn Millionen reicher – und Philippe hat unsere letzten fünf Millionen – falls er sie noch nicht verloren hat. Wir sind wieder dort, wo wir angefangen haben.« Es waren die falschen Worte. »Wenn das nur möglich wäre«, fügte ich hinzu.

»Es ist nicht möglich.«

»Nie wieder?«

»Ich liebe dich um vieles mehr. Weil ich so schrecklich gemein zu dir war – und dich beinahe verloren hätte.«

Lange Zeit sagten wir sehr wenig: In der engen Kabine war kein Platz für Worte. Doch gegen Morgen, als sich das Rund des Bullauges langsam grau färbte, weckte ich sie und erzählte ihr, was »der Gam« mir gesagt hatte. »Wir werden dadurch nicht reich«, sagte ich hastig, aus Angst, ich könnte sie wieder verlieren, »aber wir werden uns nächstes Jahr Bournemouth leisten können …«

»Nein«, sagte sie schläfrig. »Laß uns nach Le Touquet gehen. Dort gibt's ein Kasino. Aber denk dir nicht wieder ein System aus.«

Das Versprechen hatte ich vergessen. Ich stand auf, nahm das großartige System aus meiner Rocktasche, riß es in kleine Stücke und warf sie aus dem Bullauge – die weißen Fetzen flatterten hinter uns her.

Die schläfrige Stimme sagte: »Liebling, es ist schrecklich kalt. Es schneit.«

»Ich werde das Bullauge zumachen.«

»Nein. Komm lieber wieder zu mir.«

Heirate nie in Monte Carlo? Immerhin stellt Graham Greene ans Ende eines Fast-Fiaskos das große Happy End ... Ganz kurz erst liiert mit einer entzückenden Frau, gerät der kleine Buchhalter Bertrand in einen Sog des Wohlwollens seines übermächtigen Chefs. Aus einer Laune heraus drängt der ihm die Flitterwochen in Monte Carlo ja geradezu auf! Inmitten von Macht und Moneten verfällt – wie könnte es anders sein – auch Bertrand dem Spiel- und Geldrausch. Binnen kürzester Zeit steht die blutjunge Ehe auf dem Spiel. Bertrand spielt und gewinnt, gewinnt viel Geld, verspielt die Sympathie seiner Frau – fast verliert er sie für immer. Gewinner am Schluß aber ist dann doch – Graham Greene hier einmal ganz zuversichtlich – die Liebe.

Der Autor

Graham Greene, Großneffe Robert Louis Stevensons, wurde am 2. Oktober 1904 in Berkhamsted, Hertfordshire, geboren und starb am 3. April 1991 in Vevey/Schweiz. Greene trat mit 22 Jahren zum Katholizismus über, lebte längere Zeit in Westafrika und Südamerika und zählt zu den bedeutendsten Schriftstellern der Gegenwart. Werke u. a.: ›Orient-Expreß‹ (1932, 1990), ›Ein Sohn Englands‹ (1935), ›Am Abgrund des Lebens‹ (1938), ›Die Kraft und die Herrlichkeit‹ (1940), ›Das Herz aller Dinge‹ (1948, 1971), ›Der dritte Mann‹ (1950), ›Ein Mann mit vielen Namen‹ (1988).

Graham Greene im dtv

»Bei Graham Greene ist Schuld die menschliche Unzulänglichkeit vor dem Schicksal, und Sühne ist nicht die absolute Verdammnis.«
(Eberhard Thieme)

Ein Mann mit vielen Namen
Roman · dtv 11429

Orient-Expreß
Roman · dtv 11530

Ein Sohn Englands
Roman · dtv 11576

Zwiespalt der Seele
Roman · dtv 11595

Das Schlachtfeld des Lebens
Roman · dtv 11629

Das Attentat
Roman · dtv 11717

Die Kraft und die Herrlichkeit
Roman · dtv 11760

Der dritte Mann
Roman · dtv 11894

Das Herz aller Dinge
Roman · dtv 11917

Jagd im Nebel
Roman · dtv 11977

Unser Mann in Havanna
Roman · dtv 12034

Der stille Amerikaner
Roman · dtv 12063

Der Mann, der den Eiffelturm stahl und andere Erzählungen
dtv 12129

Der Honorarkonsul
Roman · dtv 12187

Die Stunde der Komödianten
Roman · dtv 12199